墨と生きる

綿谷正之

まえがき

天平時代より一三〇〇年の歴史を持つ墨は、奈良の伝統産業です。

室町時代に興福寺で「油煙墨《ゆえんぼく》」という製法が誕生し、以降「南都油煙」と呼ばれ墨づくりが栄えました。奈良町（元興寺旧境内地）を中心に、商売を始める人が興り、興福寺の手を離れて墨屋を始めたのが松井道珍《どうちん》でした。屋号を「古梅園《こばいえん》」といい、今は奈良市椿井町《つばいちょう》に店を構えています。その後、奈良の墨づくりは民間にわたり、奈良の産業として発展していきました。

私、綿谷正之《わたたにまさゆき》は墨と書道用具メーカー「呉竹《くれたけ》」の創業者一族に生まれました。

「呉竹」の前身となる「綿谷商会」は明治三十五年（一九〇二）十月に創業。戦後、ＧＨＱによる「道」と付く教育の禁止という憂き目に遭い、経営の危機が訪れますが、昭和三十二年に書道教育が復活。「授業のうち二十分も墨磨《す》りの時間になってしまっては、教える時間が二十五分しかない、何とかならないか」という先生の要望があり、書道用の墨液を開発。さらに、取引先の意見から「筆《ふで》＋ペン」という着想を経て筆ペンを日本で初めてつくり、書道業界に大きな革命を起こしました。

呉竹は、奈良の伝統としての墨文化に「墨液」と「筆ペン」という革新をもたらしました。

本書は、呉竹の歴史にはじまり、日本で初めて筆ペンを開発した呉竹の知られざる開発秘話など、私が墨とともに歩んできた人生を記録した物語です。

目次

まえがき　3

第一章　呉竹のあゆみ　13

【私の学生時代】　14
考古学に夢中だった中高時代　14
登山・スキー三昧の学生時代　15
商学部へ編入　20
跡を継ぐ決意　24

【呉竹の創生期】　25
くれ竹墨の誕生「明治三十五年十月創業　綿谷商会」　25
学校の選定墨に　29
昭和十七年　正之誕生　31

【呉竹の成長期】　液体墨の開発　32
ＧＨＱによる「道」の禁止　32
昭和二十六年書道教育の復活　33
社名を「呉竹精昇堂」へ　34
ねり墨の開発へ　35
そのまま書ける書道用液「墨滴」の開発　38
書道文化に一大革命を巻き起こした「墨滴」　40
【呉竹の発展期】　筆記具開発への挑戦　42
未知だった筆記具開発へ　42
エクスラン（東洋紡）の綿　45
・・・ぺんてるサインペンの登場　47
夢のタッチ　クレタケドリームペン　48

第二章　呉竹と私　51

【呉竹と私】　52

呉竹精昇堂に入社　52
希望叶わず総務へ　55
クレタケプラペンの誕生　57
ジェットペン　59
急成長の中で　60
ニクソンショックの影響で　62
順調だった本業　65
北陸地区の営業マンに　66
新製品の登場　69
福井の越前和紙の里へ　71

筆プラスペンという発想　72
筆ペンの開発　74
デザインの工夫　77
パッケージとキャッチコピー　78
新しい筆のペン　80
くれ竹筆ぺんの発表　84
大阪地域のみ限定販売に　86
価格改定へ　88
テレビ宣伝を仕掛ける　89
筆ぺんに賭ける　93
テレビコマーシャルの開始　94
教訓を得て　98
以後は企画開発へ　100
・・・ぺんてるの参入　102

第三章　競合他社と海外進出　105

【競合他社と海外進出】　106
筆ペンで頭一杯の日々　106
好調の筆ペンに気をとられ……　107
新たな試みには反対が―必要性を訴える日々―　108
固形墨に興味を持って―奥深い固形墨の魅力と歴史―　109
すずり談　111
企画という仕事　113
後世に評価される墨づくりを誓う―千寿墨の誕生―　117
他社の追随を受け次のステップへ―ヒントは意外なところに―　118
新たな苦難に向かって―海外戦略―　122
社外の壁と社内の壁　125

ドイツから世界へ進出 128
黒以外の色? カラー筆ペンへ 135
海外市場拡大のために 142
はじめて海外展示会へ 145
新ラインへの挑戦 149
呉竹精昇堂の役員になって 151
墨の新たな分野 155

第四章 優秀なる商品、必ず勝つ 159

【優秀なる商品、必ず勝つ】 160
勝ってカブトの…初心にかえる 160
経営者一族であるが故にやらねばならないこと 163
突然の指名で社長になる 168

新しい経営戦略　172
バブル崩壊の不況の中で社長退任へ　178
会長としてやるべきこと　181

第五章　墨とともに歩んで　183

【墨とともに歩んで】　184
地元私立学園の理事長に　184
生かされた命　186
あせらず、あわてず、あきらめず　188
人の「心」を動かす　189
信頼されるための四つの仕事観　190
おわりに　192

付録　墨を語る　195

【墨を語る】　196
【墨の講演録「墨の話」】　198

あとがき　あせらず、あわてず、あきらめず　233

第一章　呉竹のあゆみ

【私の学生時代】

考古学に夢中だった中高時代

家業の墨工場がある自宅で生まれ育った私は、子供の頃から「お前は跡継ぎや。しっかりせなあかん」と言われ、それがいやでいやで仕方がなかった。

中学二年の春休み、恩師の歴史の先生から「古墳の発掘の手伝いをしてみないか」と誘われて奈良県平群町《へぐりちょう》の古墳の発掘を体験。そこで掘り出した勾玉《まがたま》に魅せられて、「墨屋の跡を継ぐよりも考古学をやりたい」と真剣に考えるようになった。

高校に入っても、恩師との交流の中で、考古学への想いはつのるばかり。当時、古代エジプト展が京都国立博物館で催され、それを見た時の感動は今も忘れない。「日本の考古学よりも、エジプトや！」と閃《ひらめ》いた私は、大学受験前の夏休みに、親に「考古学ができる大学に行きたい」とおそるおそる話を切り出した。

すると、「なに言うてんねん。お前は呉竹の跡を継ぐ人間や。そんな考えはやめとけ」と一蹴されてしまった。

「あ、やっぱりだめか——」

それでも私はあきらめ切れず、何回も交渉したが、そのたびに答えはノー。大学受験を控え、親は国公立に行ってほしかったと思うが、関西学院大学にエジプト学の権威がいることを知り、せめてその教授の講義だけでも聞きたいと志望。親を大いに落胆させた。幸い入学できたものの、その春にあいにく教授は早稲田大学に移られて、私の考古学の夢は見事に砕け散ってしまった。残念無念の日々であった。

登山・スキー三昧の学生時代

家業の墨づくりは、毎年十月から翌四月までが繁忙期。夏には社員全員で旅行があり、私の高校二年の夏旅行は富士登山であった。初めての山登り。八合目からご来光を仰いだときは涙が出るほど感動した。紫紺《しこん》の空、真綿のような青白く光る雲海。今か今かと太陽が昇りはじめるのを待つ。紫から真紅へ、そしてオレンジから輝く黄金色へ。その荘厳さに私は心を奪われてしまっていた。

「エジプト考古学がだめなら、山登りや」

富士山のご来光に心を奪われた私は、一方で「大学へ入ったら山登りを始めよう」と秘かに思っていた。

　エジプト考古学者の夢破れた私は、大学に行くようになっても、しばらくは大学生活に楽しみを見つけることができず、悶々とした日を送っていたが、「山と旅　クラブ員募集」の看板が目に入り、「そや、山や」と富士登山の感動を思い出し、クラブの門をたたいた。

　重い砂袋を入れたリュックを背負って登る六甲山。きびしい訓練にもどうにか耐えることができ、次第に山にのめり込んでいった。クラブの仲間とテントをかつぎ、北アルプスの山々を四十五日間かけて縦走したり、奥羽山脈の岩手山では獣道に迷い込み、水がなくて干涸《から》びて動けなくなったり、新雪の立山では猛吹雪で凍死寸前までいったり、蔵王では雪庇《せっぴ》を踏みはずして転落。背骨の軟骨をつぶして半年余りギブスの世話になったりもした。それでも山が好きで好きで、法学部を卒業したあと、経営の勉強がしたいと親に無理

北アルプスにて

を言って商学部の三年に編入、さらに山にのめり込んでいった。

山登りに必要なことはまず徹底した準備。国土地理院が発行する二五、〇〇〇分の一の地図を読み、登りたい山のコースを設定する。高低差や地図から山の姿を描き出したり、山の雑誌や本からのイメージを思い起こす。こんな時間がたまらなく楽しい。必要な山の道具や装備を整え部屋一杯に並べて、何とか背負う重さを軽くするための方法がないかと考えたり、山の仲間達と何度も話し合って、行程表をつくり、役割分担をしたり、特に食料と献立については、いろいろと工夫して、米や味噌以外は、できるだけ軽いものを選ぶ。今のようにインスタント食品がない時だったから、日持ちのする食料選びは大変だった。天気を読むのも欠かすことのできない技能のひとつだ。ラジオから流れる天気予報を聞いては天気図をつくり、それをもとに天気の予測の訓練もした。また雲の形や流れによって、天気が荒れるのか、晴れるのかを見極めることも山行きの中で最も大切なことのひとつだった。

春から秋は山へ、冬はスキーへ。北アルプスの八方尾根が私のスキー拠点だった。十二月二十日を過ぎると八方尾根の民宿へアルバイトに入り、年末年始のスキー客の世話をしては、空いた時間にスキーに出掛ける毎日を過ごした。一月中旬になり学年末の試験のために自宅に帰り、あわてて試験勉強して、それでも落第せずに何とかやって行けたのは、今から思えば不思議なほどであった。試験が終われば、またスキー場の民宿へ直行。今度は二月末まで民宿のアルバイト。自宅へ帰る時には雪やけで真っ黒だった。何故か雪やけの顔で街を歩くのが自慢だったことを思い出す。

こんな山と自然の中で過ごした学生時代。

透きとおるほど清々しい、新緑の上高地。

漆黒の闇に見上げた満点の星の戸隠。

白馬三山の黎明。

淋し気に風にふるえる蓮華岳の駒草《こまくさ》。

真っ赤に染まったナナカマドの涸沢《からさわ》。

美しい思い出は今も焼きついて消えない。

「お前は跡継ぎや」と親からも周囲からも言われるのがイヤでイヤでたまらなかった中学時代。それが原因だったの

大学4年　北アルプスにて

だろうか、考古学にこだわった高校時代。考古学者の夢破れ、山へのめり込んでいった大学時代。そうした曲折を経て、法学部の四回生の秋の頃から次第に私の心は家業の跡を継ぐことに傾いていった。

〈家業の墨屋をやって行くためには、少しは経営の勉強もせなあかんなあ〉

そう思いつつ、四年間は山行きとその費用稼ぎのアルバイトであまり勉強もしなかった私に、何の文句も言わず、自由にさせてくれた親には「ありがとう」の一心であった。

仕事に入ればもう山へ行く時間がなくなる。このままでは、「お前は大学で何を勉強してきたんか」と言われそうで自信がない。〈一生家の仕事をするのやから、もう少しだけわがままを言うてみよう。勉強もせなあかん、山ももう少し登りたい〉

こんなぜいたくを考えついた私は、「経営の勉強がしたいので、商学部三年へ編入したい。あと二年大学へ行かせてほしい」と母親に頼んだ。一瞬複雑な表情に変わり、「お父さんに相談する。また他のことを考えてるのとちがうやろな」。(※お父さんとは綿谷氏の養父のこと)

〈いや、山はもう少しやるけど、勉強や。経営の勉強や。他は何もない〉と、本心を言うことは避けた。

母は、私が大学進学の時、考古学者になりたいとダダをこねたことを思い出したのか、また何を言い出すのかと心配したようだった。しかし、私が家業の仕事をすると意思表示したことにほっとした様子であった。

商学部へ編入

翌日の朝、養父が仕事で家を出た後、「正之、お父さんは家の仕事をするんやったら、あと二年しっかり勉強したらええ、と言うてくれはった。よかったな。ありがたいと思わなあかん」と母から聞いた時には、さすがの私も〈親父、ありがとう。商学部を出たら、山もやめて、しっかり仕事をする〉と、心の底から決心した。

商学部の二年間は大変だった。一、二年の必修科目の単位を取らねばならない。その上に三年の科目が重なる。クラブ運営をうまくやってゆくための組織づくりや、山行きでのリーダーのあるべき姿に強い関心を持っていた私は、ゼミでは経営学、経営組織論を選んだ。山行きどころの話ではなくなった。

朝六時三十分に家を出て、一時限目からぎっしり詰まった授業を受けて、昼の時間に少しだけクラブに顔を出し、五時限目の授業が終わるのが午後五時。二年間ですべての単位を取らねば卒業できないと必死だった。簿記が苦手で合格できず、再試験を受けてもまた落第。四回生でようやく合格した時には、これで卒業できるとほっとしたことを覚えている。

こんな多忙な中でも、夏休み、冬休み、春休みには、クラブの後輩達と何回かの山行きを行ったが、OBとなったためか、単独行が多くなっていった。四回生の夏、最後の山行きに北アルプス主陵全山縦走を計画した。

三十五日間の長い行程、四月に後輩五名に声を掛けて準備に入った。行程は、国鉄(現・JR)北陸本線の親不知《おやしらず》駅で降りて、親不知から登りはじめ、朝日岳、雪倉《ゆきくら》岳から白馬岳。後立山《あとたてやま》連峰の主陵を縦走して針の木岳へ、そこから烏帽子《えぼし》岳へまわり、野口五郎岳へ、裏銀座と言われる連峰をたどり三俣蓮華岳へ、双六岳から槍ヶ岳、穂高岳を経て西穂高から、いったん上高地に下り、乗鞍岳で終わるというもの。三十五日の行程と六日の予備日を考えた。

「仕事に入れば、もう長い山行きはできない。これが最後や」と思うと、準備の段階から体が熱くなるのを覚えた。最も大変なことは、あらかじめ米や日持ちのする野菜、ベーコン等の肉類を荷上げし、デポ(荷物を途中で保管)しておくことだった。

七日間の食料を一斗缶に詰め、針ノ木岳、三俣蓮華岳の山小屋近くにデポすることに決め、一グループは針ノ木へ、もうひとつのグループは三俣蓮華へ、縦走する前に荷上げのための山行きを行い、その足で北陸本線糸魚川駅に集結。一泊して翌朝に親不知へ、そこからいよいよ縦走の旅が始まった。

天候が最も安定する七月下旬から八月二十日過ぎまでの日を選んだが、二回の台風に見舞われ、テントは吹き飛ばされ、破れ、寝袋も何もかもが水浸しとなり、全員意気消沈したことを思い出す。三俣蓮華岳では、真夜中テントの外に置いていた食料の一斗缶を何物かがひっくりかえす音に驚いて目を覚ました。それがなんと熊とわかり、恐ろしくて全員一睡もできなかった。翌朝見ると、ひとつの缶がヘシャゲて、中の食料の大半が喰われてしまっていた。その後の西穂高岳までは、ほんとうにひもじい思いの毎日だった。三俣蓮華岳から穂高岳に至る北アルプス南部の山々には、立派な山小屋が点在しており、立ち寄って食べたいけれど、高い値段のカレーやソバに手が出ず横目でニラムばかりであった。二回の台風襲来で行程が大幅に遅れ、一ヶ月の山旅を終えて西穂高から上高地に下った時には、みんなヨレヨレ、汚れとアカで誠に汚らしく、すれちがう人が振り返って見るほどであった。

いったん下界へ降りてくると、最後に残った乗鞍岳への気力は全く失せてしまった。なけなしの金をはたいて泊まった上高地村営ロッジ、風呂で幾重にも重なって洗えども洗えども落ちるアカに我ながら驚き、とっておきの下着とシャツとズボンに着替えて、おいしい食事にありつくと、もうおしまい。「オイもう乗鞍はやめようか」「賛成、賛成」となり、衆議一決で乗鞍岳は中止に。結局、有終の美を飾ることができず、最後に乗鞍岳頂上に残すつもりで用意した「北アルプス主陵全山縦走　親不知―乗鞍岳　昭和四十一年八月」と書いたカマボコ板は今も私の手元に残っている。

自宅に戻った私は、これが最後の山行きと思っていたからか、「これで俺の山も終わった。もう充分にやった」と意外にさばさばしていた。卒論の準備、多く残っている必修科目の単位取得、夏休みを終えて後期授業が始まると、卒業に向けて懸命のラストスパートの日々を送った。

卒論の提出、卒業試験を終えた私は、スキーで随分お世話になった八方尾根の民宿に向かった。民宿の親父から「ワッタン」と呼ばれていた私は、奈良へ帰る前の晩、親父に呼ばれ、「ワッタン。これからはもうなかなか来れんようになるな。お別れの酒や。まあ飲め。けどなワッタン、よう六年も学生したな。よう山へも行ったよな。お前のように好きに学生時代を送ったもんは、そんなにおらん。親に感謝、感謝やな」。地酒の「白馬錦」がなみなみと注がれたコップを眺めながら、どっと涙が溢れてきた。

跡を継ぐ決意

帰りの列車の中で思った。

〈よう親に心配かけたなぁ。怪我したあとまた山へ行くと言っても、気ィつけて行きやと送り出してくれた母親。もう山にもスキーにも未練はない。これからは会社の仕事や〉

〈山は、あせったらいかん、あわてたらいかん、あきらめたらいかんやったなぁ。いつも大事にしてきたことや。社会で通用するのかどうかわからんけど、これはずっと大事にして行こう〉

車窓から木曽の山々を眺めつつ、山仲間のこと、授業のこと、ゼミでお世話になった教授のこと、考古学のこと、学生時代を思い巡らせる中で、次第に気持ちの整理とこれから始まる新しい生活への気構えが湧き出してきて、心の中にエネルギーが充電されていった。今から思えば、この帰りの列車の六時間余りは、私にとってかけがえのない、貴重な時間だった。これからの自分は一生を家業の仕事に尽くすと心に決めた時間だった。昭和四十二年三月十八日のことであった。

家へ帰るとすぐさま山の道具の片付けに取りかかり、捨てるものは捨て、残すものは段ボール箱に詰め込んで納戸に積み上げた。

これを見た母が「どうしたん」と聞く。私が「いや、もう山は行かへん。これからは会社やもんな」

と言うと、母は「へぇー」と半信半疑の面持ちで私の片付けを見ていたが、内心は満更ではなかったように思う。

このようにして私の学生時代は終わった。

【呉竹の創生期】

くれ竹墨の誕生「明治三十五年十月創業　綿谷商会」

ここで、私が四十五年間、仕事で過ごした呉竹のことを紹介したい。

株式会社呉竹（旧名　株式会社呉竹精昇堂）は、創業が明治三十五年（一九〇二）十月。今年で一一九年目を迎える（二〇二一年現在）。私の曽祖父、綿谷奈良吉が墨職人から独立して墨屋を始めた。綿谷奈良吉は奈良きっての名墨匠で、当時奈良では有数の墨屋であった玉翠堂《ぎょくすいどう》に職長としてかかえられていた。

明治五年（一八七二）に新政府は学制を制定し就学を奨励、習字を主要科目にした。これに伴い、筆、墨はなくてはならない教材として位置付けられ、奈良の墨づくりは大いなる繁忙の状況を呈していた。幕末には十三軒の墨屋しかなかった奈良の墨は、この学制の実施と共に息を吹きかえし、たちまち四十四軒を数えるほどに発展して行った。墨屋にかかえられていた墨職人達が独立し、墨屋を立ち上げることが多く、綿谷奈良吉もそれにならったのであろうか。

しかし独立したと言っても墨づくりに自分の工房を持っただけで、つくった墨はすべて親方の玉翠堂へ納めていた。

綿谷奈良吉（昭和初期）
出典：株式会社呉竹創業百周年史「家業から公器へ」

創業の時、屋号を「綿谷商会」とした。墨づくりの商売とは随分イメージの異なる屋号であった。しかし奈良の名墨匠と言われる名に恥じず、つくる墨は品質第一のものであったにちがいない。そのうちに「綿谷商会のつくる墨はなかなか良い」と評判が立ったのであろう。首都東京で一級の筆墨商だった「平安堂」の主人の目に止まると、東京へ呼ばれるようになり、平安堂の特別注文の墨をつくるようになった。これが、玉翠堂へ納める下請の墨屋からの脱皮となったのである。

奈良吉には四男二女があったが、長男の楢太郎《ならたろう》（私の祖父）、次男の仙治郎《せんじろう》、四男の伍郎《ごろう》が共に綿谷商会に入り、楢太郎が製造、仙治郎が営業、伍郎が営業と経理を担当した。奈良吉は楢太郎には名墨匠としての品質第一の墨づくりの技を教え込み、仙治郎、伍郎には家業が自立できるように市場開拓に力を注がせた。奈良吉や楢太郎のつくる良墨を、仙治郎、伍郎が全国の有力問屋をまわり売り込んだ。ところが、「うちは長年決まったところと取引があるので間に合っています」と断られ続けた。

失意の日が続いたが、これでは商売が立ち行かなくなる。問屋依存のやり方ではだめだと、当時墨の最大の市場であった学校へ直接訪問し、優れた品質をアピールすることで、学校の選定墨として推奨してもらい、学校に出入りしている文具小売店への売り込みを行うという方法を編み出した。

硯二面と筆二本、自家製の墨を持参して、校長や習字担当の先生に面会を求め、日頃授業で使っている他社製の墨とを実際に比較してもらうのである。品質の差は際立ち、先生から選定墨推奨の快諾を得ると、出入りの文具店へ行って取引をお願いし、注文を受けていった。

大正十年（一九二一）、綿谷伍郎は関東方面へ出張し、学校訪問を続けていた。埼玉県熊谷市の熊谷高等女学校を訪問した時のことである。自家製の墨を持って、その品質の良さを説明し、学校で使っていく他社製の墨と比べてもらうと、「この墨はなるほど良い。早速この墨に切り替えよう」と言ってくださった。そして、新しく選定墨となる墨に、校誌「くれ竹」にちなんで「くれ竹墨」と命名することになった。このくれ竹の名は、明治天皇の御製になる「芽生えより　直ぐなる心呉竹の　伸びよ育め　己が心を」からいただいたものという。

　こんなありがたいことがあろうか。なんともったいないことか。感激と共にこの朗報をもち帰った伍郎の説明を聞いた一同は、「我々のつくる墨はこれからは『くれ竹墨』としよう」と衆議一決した。

　こうして以後、会社のブランドとなる「くれ竹墨」が誕生した。

各校に記帳してもらった折帳、手前は熊谷高等女学校の記帳

出典：株式会社呉竹創業百周年史「家業から公器へ」

学校の選定墨に

有力問屋から相手にされず、起死回生の策として実行した学校への直接訪問で勝ち取っていった実績は、「優秀なる商品は必ず勝つ」という信念にまで昇華され、呉竹の経営理念である「品質第一主義」として現在も貫き続けられている。

これ以後、綿谷商会でつくった墨は、「くれ竹墨」「呉竹墨」として各学校に宣伝されて売り込まれるようになり、選定墨となった時には、持参した折帳に「推奨くれ竹墨」「選定墨くれ竹墨」と記帳してもらい、これを地元の文具店に持ってゆくと、有利に商談を進めることができたのであった。この折帳（学校直筆の記帳）は今も大切に保存されている。当時の苦闘の記録である。

着実に力をつけた綿谷商会は、大正十三年（一九二四）、

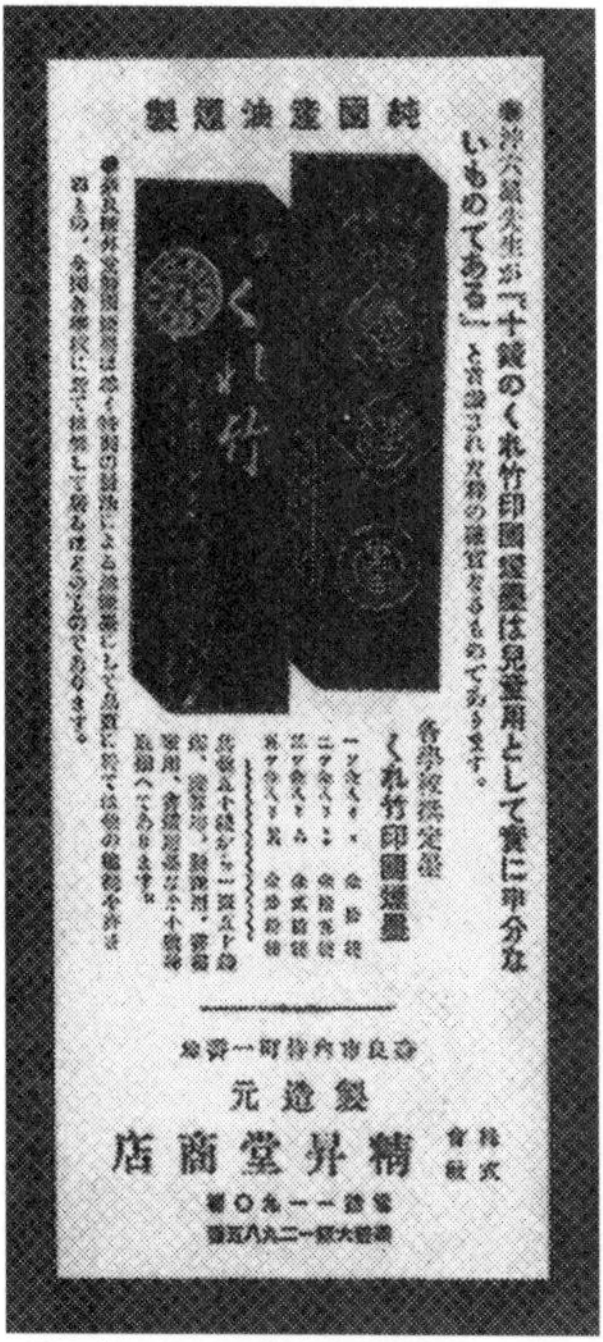

冊子『こどもの天地』の裏表紙に掲載された「くれ竹」墨の広告
出典：株式会社呉竹創業百周年史「家業から公器へ」

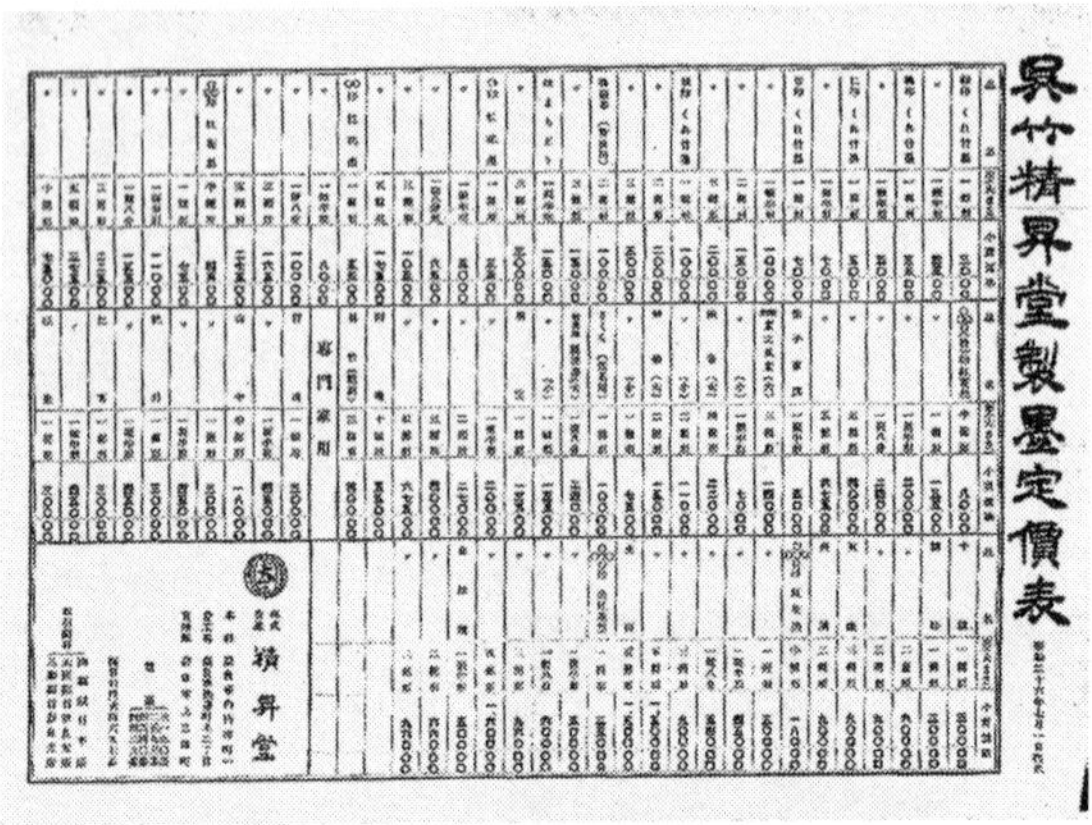

当時の定価表

出典：株式会社呉竹創業百周年史「家業から公器へ」

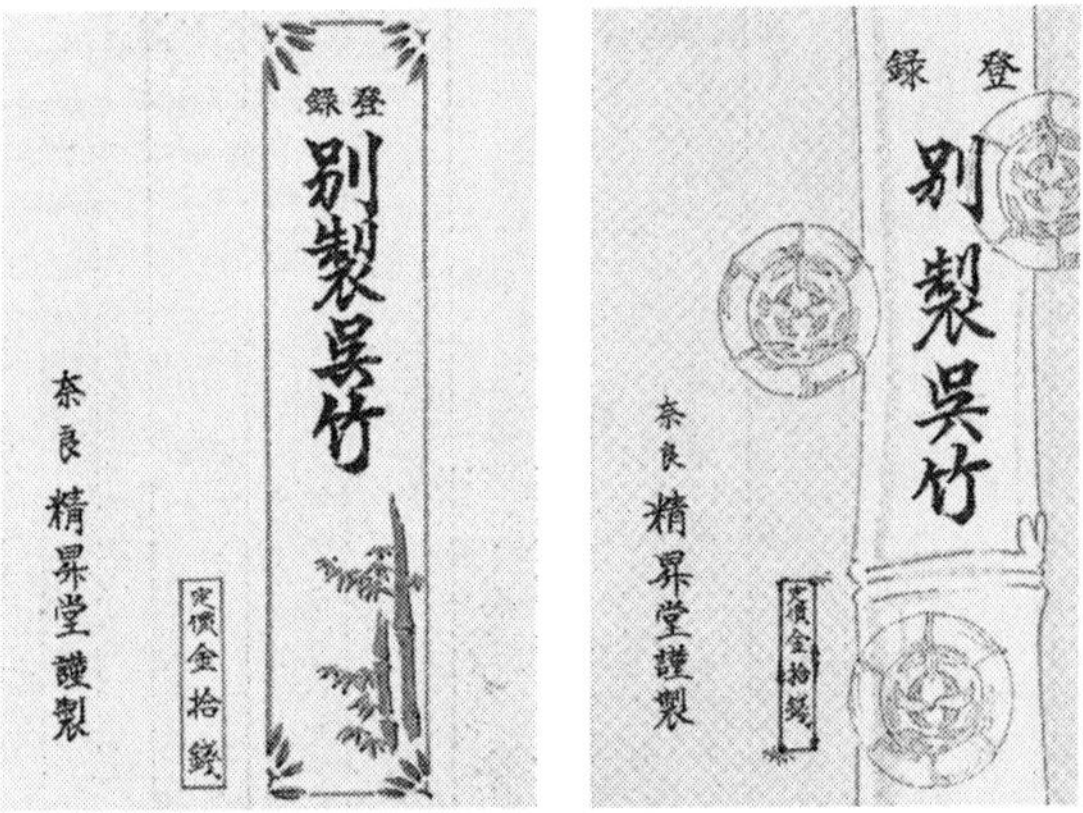

精昇堂時代の1丁墨ラベル、シール、しおりなどの下絵

出典：株式会社呉竹創業百周年史「家業から公器へ」

「合名会社精昇堂商会」と個人商店から形態を改め、会社を設立するまでに成長した。

「精」には、心を込める、巧みの意があり、奈良吉や楢太郎がつくる品質第一のくれ竹墨を、陽が昇るがごとく広く普及させたいとの願いが込められた社名であった。

昭和十七年　正之誕生

昭和の時代を迎え、社業の発展に伴い、同七年（一九三二）七月一日、合名会社から株式会社へと改組し、奈良吉は第一線から身を引き、長男の楢太郎が初代社長に就いた。昭和十三年（一九三八）のこと、奈良吉は古稀をむかえ、楢太郎と共に、創業以来大変お世話になり、呉竹の育ての親ともいうべき東京の平安堂へ御礼のあいさつに出向いた。堂主岡田久次郎氏は、「奈良吉さん、よう頑張ったな。いい墨をつくれば、必ず拾い上げてくれるところがある。よかったな。楢太郎さん、親父さんの名に傷がつかんように、親父さん以上の墨をつくって下さい」とねぎらいと励ましの言葉を二人にかけられた。二人は感極まったと言う。

この頃から大陸では戦雲が重く漂い、やがて中国との戦争が本格化してゆく。戦時体制がしかれる中で、軍需産業へのシフトが一気に強まり、軍需とは無縁の筆墨業界はしぼんでゆく一方だった。また墨職人達も次から次へと徴兵され、墨の生産そのものも縮小せざるをえない状況になっていった。

昭和十七年（一九四二）十一月二十四日、楢太郎の長男正次と妻文子との間に男子が誕生し、「正之《まさゆき》」と名付けられた。私の誕生である。実父正次は太平洋戦争勃発と共に戦場に行き、昭和二十年二月、硫黄島の守備隊として玉砕した。

敗戦によりすべてをなくした我国は、深刻なモノ不足で、生きるための食料や日用品すら手に入れることのできない日が続いた。

呉竹の墨も製造を再開したものの、会社はかろうじて維持できている状況であった。

【呉竹の成長期】　液体墨の開発

ＧＨＱによる「道」の禁止

昭和二十年（一九四五）十月、日本に進駐した連合国軍最高司令官総司令部（ＧＨＱ）は、日本の教育制度の改革を打ち出し、昭和二十二年より学校教育から「道」と名の付くものは国粋主義を育むもとになるとして、すべてが禁止された。武道だけでなく、書道も小中学校の教科からはずされた。奈良の墨は学校での習字という最大の市場を失ってしまい、墨ばかりではなく、筆紙など書道用品はまるで明かりが消えたようになった。書道の先生方への供給、日常生活での冠婚葬祭、事務用として細々と販売するのみにとどまり、「もうだめではないか」と危機感に包まれ、職業も変えるべきかと悩むほどの切実な日々が続いた。こんな状況の中、創設者の奈良吉は失意の中で七十八歳の一生を終えた。その後、「道」のつく教育の禁止には、異議や不満が殺到したのであった。

昭和二十六年書道教育の復活

習字教育についても書道団体や業者も交えて全国的な復活運動が行われ、ようやく昭和二十六年、文部省(当時)は小中学校における習字教育の復活を決定した。しかしながらそれは、小学校四年以上で国語科の中の「書写」の呼称のもと、学校選択という形でやってもよし、やらなくてもよしということであった。全国の義務教育の場で、たとえ選択科目として復活しただけでも、一挙に需要は増える。とりあえずは「よし」としなければならない。ようやくチャンス到来となった呉竹は、戦前、学校まわりという営業戦略で成功したことに倣《なら》い、学校宣伝を営業活動の中心においた。

社名を「呉竹精昇堂」へ

この活動を進めるにあたって、会社は、株式会社精昇堂から、商品ブランドである「くれ竹」を社名に加え、「株式会社呉竹精昇堂」と変更した。すぐれた品質が全国的に広く知られている「くれ竹墨」の「くれ竹」を社名に加えることによって、より有利に商売を展開したいとの願いが込められたのであった。昭和二十八年（一九五三）十月のことであった。

この社名変更によって、今まで「精昇堂さん」と御得意先から呼ばれていたものが、「くれ竹さん」に変わり、社名と商品名が同一となったことで、会社のブランド力向上に大きな効果をもたらした。

同二十八年、文部省教育課程の改訂審議において、昭和三十三年度から小学校四年より毛筆書写を必修課目

綿谷安弘(左)、綿谷良孝(右)、1957年頃

出典:株式会社呉竹創業百周年史「家業から公器へ」

とすることが決定された。朗報であった。書写の目標は「文字を正しく美しく整えて書く」というものであった。

楢太郎は五男二女と子宝に恵まれ、戦後戦地から復員してきた二男安弘《やすひろ》、三男良孝《よしたか》と五男一行《かずゆき》の三人の力を借りながら、習字教育禁止という暗黒時代を乗り切ろうとしていた。墨づくりの後継に一行をつかせ、自らは墨職人を育てることに専念し、安弘、良孝には営業と経理を担わせるという体制であった。

ねり墨の開発へ

昭和二十八年のこと、良孝は四国へ営業にまわった時、徳島県の学校で、「呉竹さん、もっと便利な墨ができませんか。四十五分の授業のうち、墨磨りに二十分もかかってしまう。生徒にとってこの時間は辛い。毛筆習字を教える時間は二十五分しか残らない。これでは教える時間が足らない。思い切って磨らずに書ける墨ができませんか」と問いかけられた。習字を学ぶのに、心を鎮めて墨を磨り、心の準備ができてから文字を書くことが当たり前だと思っていた良孝は、「なんちゅうことを言う先生か」と思った。固形墨一筋だった呉竹にとっては、固形墨を否定するような意見だった。しかし、先生の言うこともっともだと思った。

〈もし、他社で『磨らずに書ける墨』が出来たら、大変なことになる。市場はみんな取られてしまう〉

焦りに似た感覚を覚えた良孝は、帰社するとさっそく社長の楢太郎にこのことを報告した。「他でつくられたら大変なことになる。先につくらなあかん」。このひと言で社の方針は決まった。

当時、墨汁はあったが書道半紙のように滲む紙には全く向かなかった。墨汁で書けば、イヤな汚い滲みが出て、書いた文字はベットリと上光りして使いものにはならなかった。

「磨った墨と同じにならんとあかん」

これが「磨らずに書ける墨」の開発の最も重要なところであった。

いろいろと思案を重ねていた楢太郎は、「固型の墨はよく練った墨玉《すみだま》を木型に入れて乾燥させてつくる。反対に、墨玉に水を加えて濃縮した練り状の墨にしたら、使う時に水で薄めればいいのではないか」と思い至った。「練り歯磨き粉の原理や」と思いついた楢太郎は、「練り墨」を頭に描きながら早速試作に取り掛かった。

「どのくらいのやわらかさの練り墨にすれば水に溶けやすいか」が大きなテーマであったが、何度も何度も試作をくりかえし、ポリチューブに入れ、商品名を「墨のかおり」として発売した。使い方はポリチューブから練り墨を硯にしぼり出し、水を加えて筆でよく混ぜて墨の液をつくるというものである。

市場での反響は大きかった。子供たちは墨磨りの辛さから解放され、すぐに字が書けるというので大歓迎であった。しかし、習字の先生方からいろいろな苦情が出てきた。「子供はしっかりとねり墨を水に溶かすことができない。うまく水に溶けないと、筆にねり墨の原液がそのままついて、一方ではうすい墨の液で、墨色が汚くなってしまう。もっと溶けやすくしなければだめだ」というものであった。大人はていねいに溶かすことができても、子供にはそれができない。そう言えば、試作する際に子供には一回も使ってもらってはいなかった。

しかし、磨らずに書ける墨「墨のかおり」の新発売は、書道の世界に大きな衝撃を与え、呉竹にとって今まで

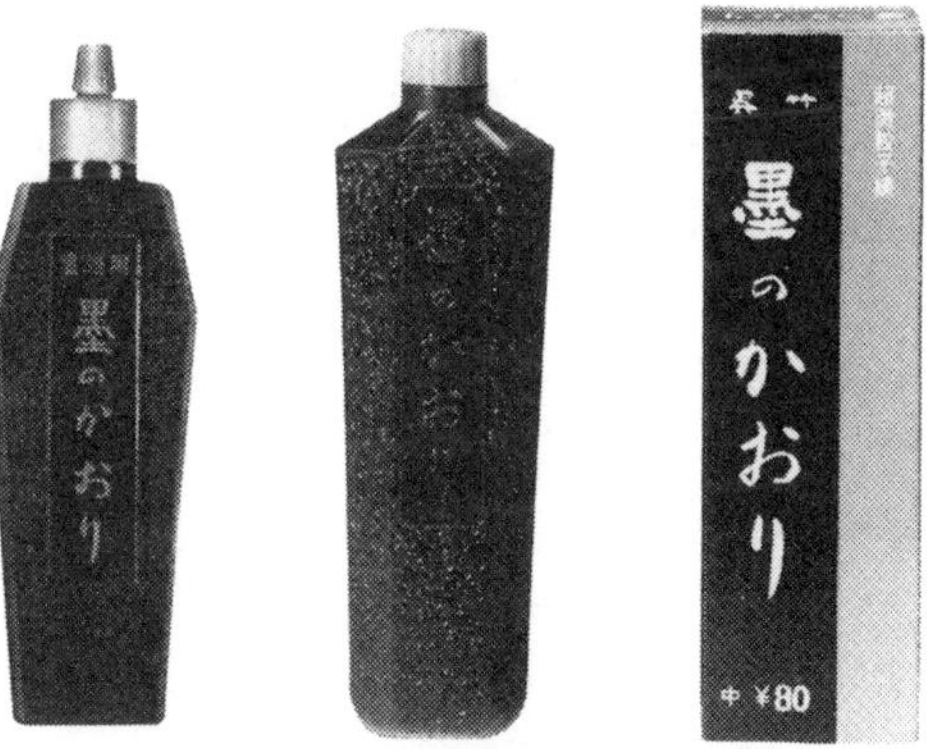

「墨のかおり」練習用(右)と書道用

出典:株式会社呉竹創業百周年史「家業から公器へ」

経験したことのないヒット商品となった。墨の世界では画期的なことであった。

「墨のかおり」の開発の途上で、楢太郎は体調をくずし、開発は五男の一行が引き継ぎ、会社は楢太郎の弟伍郎が責任者となり、経営の実質上の運営は息子たちが中心となったのである。

そのまま書ける書道用液「墨滴」の開発

「新しい商品の開発がこれほどまでに会社を発展させるのか」

今まで固型墨一筋にやってきて、家業の域を出なかった会社が、社員の数も大幅に増加し、売上げも倍増した。この頃、人手不足もあって四男増男がそれまで営んでいた文具店をやめ、会社の経理を担うことになった。楢太郎の息子四人が会社の運営にあたることになったのである。

「墨のかおり」の市場反応をもとに、四人は次にくる新製品についていろいろと思いをめぐらせていた。

「いっそのこと、そのまま書ける書道液にしたらどうや。水に溶かして薄める必要もない。これは便利やで」

「それはええアイデアや」

「思い切ってやってみるか」

「よし、やろう」

決断も速かった。そして開発研究が始まった。開発商品化の目標を小・中学校で毛筆書写が必修となる昭和三十三年（一九五八）においた。あと二年しかない。書道液の開発と生産は一行。書道液を入れるポリ容器は安弘、商品化に伴うもろもろの企画は良孝と役割を決め、それぞれが本来担当する仕事を持ちながら、開発のために時間を割いてのことだった。


開発で最も苦労したのが、墨の液の長期保存のことであった。練り墨のように濃縮されたものであれば、長期保存は充分に可能であるが、そのまま使える墨の液の濃度となれば、かなり濃度や粘度を落とした液にしなければならない。やっかいなことに、墨の原料のすす（炭素）は水より重い。放置しておくと次第に分離して底に沈んでしまう。店頭におかれた商品がすぐに売れるわけではないし、毎日習字の練習をすることも

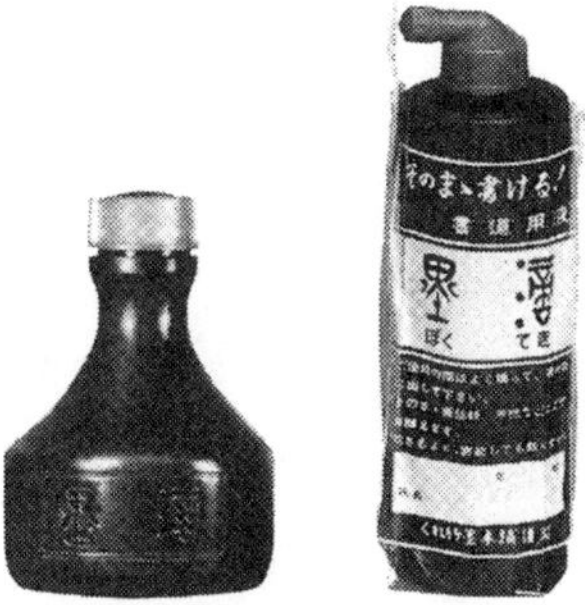
「墨滴」
出典：株式会社呉竹創業百周年史「家業から公器へ」

ないから、このことを解決しないと商品化は難しかった。

粒子を水に浮遊させることを分散というが、どうすれば均一な分散ができ、いつまでも水とすすが分離沈殿しない墨の液をつくることができるかということが課題であった。そのためには、すすの粒子を均一にし、微粒子化しなければならないと気付き、ロールを使うことで良好な結果を得ることができるとわかった。固型墨の墨の玉を練ることとはちがって、大量に墨の液をつくらねばならない。固型墨をつくる手作業の工場から、ロール、攪拌《かくはん》機をはじめとする様々な機械設備、墨の液を容器に充填《じゅうてん》する充填機、包装仕上げをするベルトコンベアー等々を設置する機械化された工場へと、大きな設備投資が必要であった。社長伍郎と経理担当の増男は、資金調達のために銀行へ日参した。良孝の発案によって商品名は「そのまま書ける書道用液　墨滴《ぼくてき》」に決まった。

書道文化に一大革命を巻き起こした「墨滴」

「墨の滴《しずく》」、当を得たネーミングであった。これをもとに安弘は容器をデザインして、ようやく商品化の目途がついたのが昭和三十二年の暮のことであった。年が明け、いよいよ小・中学校で習字が書写という必修課目として実施される年になった。

どのように市場参入するか。

皆で話し合っている中で、社長の伍郎は「ワシらの若い時はな、学校へ直接行って商品の良さを見てもろうた。それで成功した。もういっぺん学校の先生に直接送ったらどうや」と自分の成功体験を話した。

「それはええ方法や」となって、営業社員はサンプルを持って文具の卸商や小売店へ出向き、会社からは全国の小学校の書写の主任先生宛にダイレクトに商品をサンプルとして送りつけた。

反響はすごかった。習字に墨磨りは当たり前という常識をくつがえす商品で、「これは良い」という反応と、「習字をするには、心を鎮めて墨を磨ってから始める。これが大切なことなのに何ということか。ましてや墨屋がつくる商品か」とお叱りを受ける反応に二分した。おおむね、若い先生には好評で、すぐに生徒に紹介もいただいた。「墨のかおり」の時よりもはるかに大きな反響であった。

生徒たちにとっては、辛い墨磨りから解放され、嫌いだった習字が正反対に好きになるほどに歓迎された。

次から次へと注文が全国の文具店から入り、生産はフル稼働の連続。書道業界における大ヒット商品となったのである。

「墨のかおり」「書道用液　墨滴」の開発は、呉竹にとって墨屋という家業から企業への本格的な展開を図る大きなターニングポイントになった。正に会社に勢いがつくポイントであった。

病気で伏せていた初代社長の猶太郎は、墨滴を発売して間もなく、その成功を充分に味わうことなく昭和三十三年六月、他界した。

業界に先駆けて開発した液体墨は、書道のあり方を根本的に変えるものであった。学校での習字の復活は書道界に大きな刺激と発展をもたらし、書道展の作品はサイズの大きなものへと変わってゆく。墨を磨っていては到底書けない大作づくりが行われるようになり、それと共に液体墨の必要性は大きくなる一方だった。生徒が使う普及用から書道家が使う作品用へと大きく拡がり、今もなお、液体墨の時代が続いている。まさに書道文化に革命をもたらしたといえる開発であった。

【呉竹の発展期】　筆記具開発への挑戦

未知だった筆記具開発へ

「書道用液　墨滴」の開発は、書道業界で一大ヒット商品になったが、同じ頃、文具業界で画期的な商品が開発され、注目を浴びている商品があった。「どんなものにもよく書ける　マジックインキ」である。ガラス製の容器に油性インキ（インク）を含ませた中綿を入れ、そこへフェルトを斜め切りしたペン芯を装着して、毛細管現象でインキを導き出す構造の全く新しい筆記具で、マーカーと言われるものであった。油性インキのためシンナー臭はあるが、プラスチックや金属、ガラスにも書ける、今までにない筆記具の特長を持ち、色の展開は八色もあった。

この商品はもともとアメリカで開発されたもので、内田洋行の社長がアメリカ視察旅行の時に見つけて持ち帰ったものであった。

営業に出ていた良孝は、文具店の店頭でよく見かけ、店主から「よく売れている。これからは、新しい筆記具の時代ですよ」と聞かされ、「次の商品開発はこれや」と秘かに思っていた。

「マジックインキは、どんなものにも良く書けるが、臭いはするし、紙に書けば滲むし裏へ抜けてしまう。それと太い」

良孝は、マジックインキの持つ欠点を新しい筆記具の開発で補えないかと考えていた。

昭和三十五年（一九六〇）、良孝は思い切って「水性インキ、細書きの筆記具（マーキングペン）」の開発を役員会に提案した。

「墨屋がペンなど作られへん」
「もっと書道のことに力を入れようや」
「まあ、研究だけでもしたらええやないか」

書道用液の開発の時のように、即断即決という訳にはいかなかった。全く未知の分野への開発挑戦である。反対されるのももっともな話であった。

営業部長であった良孝と製造部長であった一行《かずゆき》は、まず筆記具の構造から研究に入った。当時、奈良県にはモリソン万年筆があり、筆記具の原理を学ぶために、先方の技術担当の役員のもとへ何度も何度も教えを乞いに通い続けた。先方も気持よく教授して下さった。

新しい筆記具の構想は、マジックインキを手本にすれば描くことができたが、ペン先をどのようにつくればよいのか、インキを含ませる中綿をどのようにすればよいのか、

昭和35年頃

出典：株式会社呉竹創業百周年史「家業から公器へ」

この二つの課題を技術的にクリアしなければならなかった。

「最近アクリル繊維という新しい綿ができたのを知ってはりますか。フトン綿に使えるし紡いだら糸になるし、よく水を含むらしい。薬品にも強いと聞いています。これを研究しはったらどうですか」

これはどなたに教えを乞うたのかはわからないが、貴重な情報であった。

エクスラン（東洋紡）の綿

エクスランの商品名で売られていることを知った二人は、早速メーカーの東洋紡を訪れた。

「エクスランの綿を分けてほしいのですが」

「お分けするのはかまいませんが、何をつくられるのですか。何トンいるのですか」

「実は……。新しい筆記具を研究しています。お宅のエクスランを使ってペン先とインキを含ませる中綿に使えないかと思いまして……。ですから何トンもいりません。ほんの数キロもあればよいのですが、売っていただけませんか」

呉竹の二人を対応してくれた東洋紡の技術者は、その熱意にほだされたのか、

「わかりました。しかし最低一〇〇kgは買っていただかないと……」

二人は、一〇〇kgを分けてもらうことにして、帰ろうとした時、

「エクスランの綿はミクロンの繊維がからみ合って、直径一〇㎝程度の丸い形状ですので樹脂を含浸させると細い芯状のものができますよ。一度試されたら……」とペン先のヒントとなることを話してくれた。


このヒントをもとに、どんな樹脂がよいのかと、いろいろと試し、ようやく結果が出た。樹脂でエクスランを固めても、インキが通らなかったらペン先として使えない。ようやくインキと馴染む樹脂を見つけ直径二ミリの細さにすることができた。これを必要な寸法に切り、先を尖らせればよい。エクスラン綿を樹脂につけ、すぐに乾燥させるために、ガスバーナーのトンネルを通し、出てきた芯を均一にするためにセンターレースにかけ、必要な長さにカットする工程が出来上がり、そしてペン先をつけるために回転砥石《といし》で均一なペン先が出来るようになった。それは言わばアクリル繊維の「つまようじ」づくりのようなものであった。

ぺんてるサインペンの登場

次はインキタンクである。ヒントはフィルター付のタバコにあった。ちょうど米国からフィルター付のタバコが輸入され、国産品も生産され始めた頃であった。直径七〜八ミリの綿を筒状に外皮で包み、必要な長さにカットすれば、よくインキの含むインキタンクが出来た。このインキタンクにペン先を差し込み、毛細管現象でペン先にインキが吸い上げられればペンにできる。商品化に確信が持てた。

良孝と一行の二人はペンの構造と、外形デザインを起こし、商品化の提案を役員会に上げた。ちょうど役員会で検討に入った頃、市場から重大な情報がもたらされた。「東京の大日本文具がぺんてるサインペンという名で全く新しい筆記具をつくって発表した」というものであった。

「先を越されてしもた。あーあ、この苦労もこれまでか……」

「ぺんてるサインペンが先に出してくれたのはチャンスや。市場を耕してくれたんやから二番手でもいける」

「そんな甘いもんやないで」

「いや、絶対いける」「どうしてもやりたい」

研究開発してきた二人の熱意にほだされ、商品化の決定がなされた。さっそく精密金型の製作にかかり、商品化にこぎつけたのは、ぺんてるサインペンが発表されてから六ヶ月の後であった。

「サインペンてええ名やな」

「これは、夢のペンや」

「夢て英語で何と言うんかな」

「ドリームや」

「ドリームペンではどうかな」

そんな発想から商品は「クレタケ　ドリームペン」と名付けられた。そして、この時はじめて呉竹がカタカナで使われたのである。昭和三十八年（一九六三）のことであった。

夢のタッチ　クレタケドリームペン

「夢のタッチ　クレタケドリームペン」――。これが発売当初の

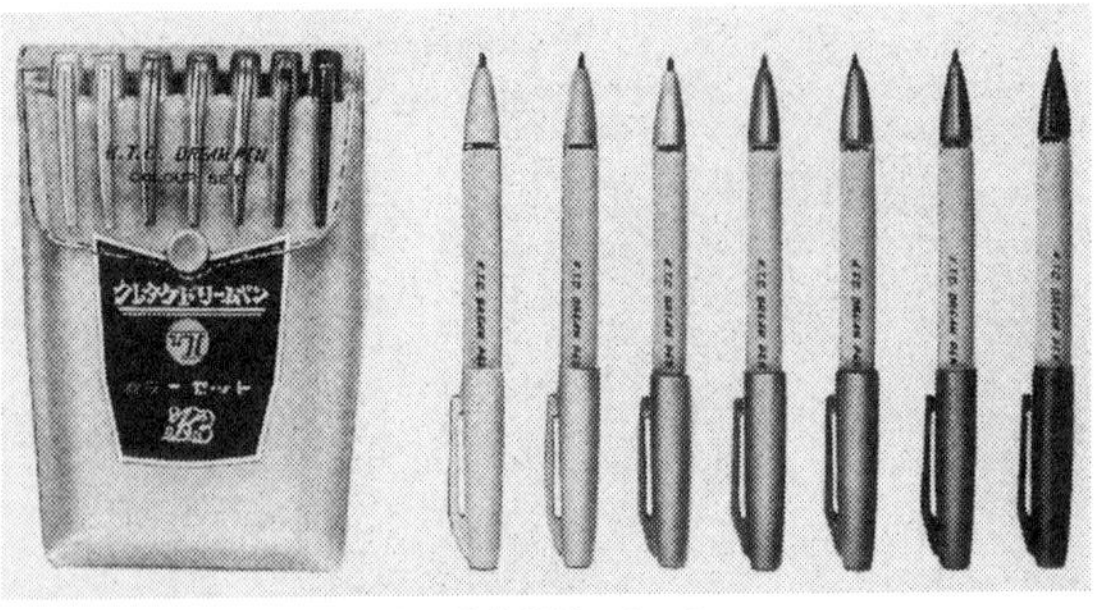

クレタケドリームペン

出典：株式会社呉竹創業百周年史「家業から公器へ」

キャッチフレーズだったが、二番手で発売ということで、市場からの反応には厳しいものがあった。

「ぺんてるサインペンの物まねをして、どうするのや」

「まあ、ペンテルとどっちが良く売れるか、試しに置いてみようか」

厳しい反応ではあったが、市場からの拒否はなかった。ぺんてるの影に隠れてではあるが、少しずつ浸透していった。しかし二番手は所詮二番手であった。

ある程度、全国の市場でぺんてるが行きわたると、ぺんてるは海外へ市場開拓に乗り出した。米国で、ジョンソン大統領が、このサインペンでサインするところがテレビで放映された。これがきっかけで、たちまちのうちに全米に浸透する大ヒット商品になったのである。それ以来、ぺんてるはこのサインペンひとつで世界のぺんてるに発展して行った。

ぺんてるサインペンのヒットがきっかけとなり、米国の筆記具メーカーや文具問屋が、日本でこれに似たものをつくっているところはないかと、商社を通じて次々と引き合いが来るようになり、会社は海外市場に大きな希望を抱くようになった。

しかし当時は英語の堪能な社員がおらず、営業部長であった良孝が商社を通じての取引に乗り出すことで精一杯であった。

商社を通じての注文は、ＯＥＭ、買い手の名を入れたものが大半で、「クレタケドリームペン」の名での販売は皆無と言ってよかった。万年筆型のもの、鉛筆型のもの、それぞれに何万本単位で米国からの注文が相次いだが、すべてがＯＥＭ生産で、有難いながらどこかピタッと心に納まるものではなかった。海外からの注文がどんどん増加する中で、生産の増強をはかるために新工場を建設し、「クレタケ工業株式会社」を設立、さらなる拡大に備えた。

こうして、墨づくりの家業から液体墨の開発で企業へと脱皮し、筆記具の開発で墨屋から文房具業界への進出を果たし、企業としての体制を整えていったのである。

ぺんてるに次いでクレタケが開発したサインペン（本来はマーキングペンと呼ばれる）は業界の大きな市場創造となり、多くの筆記具メーカーの参入が始まって、大競争の時代に突入していく。

「このペンはアクリル繊維やからすぐに太くなってしまう。いつまでも細く書けるペンができないものか」

ユーザーの要望はこの点に集中し、これを克服するために、良孝や一行は試行錯誤を繰り返していったのである。

第二章　呉竹と私

【呉竹と私】

呉竹精昇堂に入社

私、正之は、昭和四十二年（一九六七）三月二十五日、山登りに明け暮れた大学生活に終止符を打ち、雪やけの真っ黒な顔のまま、株式会社呉竹精昇堂に入社した。

当時、液体墨の生産は順調、ペンの生産や海外への輸出も拡大を続け、通産省の政策により海外への輸出が奨励され、呉竹も輸出貢献企業の認定を受けて、毎年表彰されていた。

液体墨の開発に続いてサインペンの開発で、会社は正に発展成長の途上にあった。

三月二十五日、午前八時、同時入社の五名と私が、全社員の待つ朝礼場で一人ずつ紹介された。特に私に対しては、初めて役員の息子が入社するとあって、興味津々、「どんな奴や？」と注目が集まるので緊張した。

「へえー、これが正之という長男か。なかなかエエ男のようやな」

「えらい黒い顔しとるやないか。親のスネかじって遊んでばっかりしとってんやろ」

「大卒やゆうて、えらそうにしょうるのとちがうか。まあ、仕事しょったらわかるやろ」等々。

入社早々、まわりから品定めされる毎日であった。その頃、奈良の中小企業に大卒が入社するのは珍しいことで、ましてや役員の息子が入社するとあっては、当然のことだった。

入社後、六ヶ月間は、工場への生産実習に携わり、墨づくり二ヶ月、液体墨の生産二ヶ月、ペンの生産一ヶ月、それぞれの職場をまわり、生産活動のイロハを学んだ。特に墨づくりでは、熟練した職人さんたちの間で、墨の練り方、型入れの技術を教わり、墨に対する興味と墨づくりを家業として始まった呉竹の原点を噛みしめる二ヶ月であった。

余談だが、平成十六年(二〇〇四)に私が社長を退任し、会長に就いた年の冬、呉竹の墨づくりの集大成のために墨の本の発刊を思いたち、再び墨づくりの勉強をしたいと職場に出向いた。二十四歳の時に実習で覚えた墨玉を練る時の手の平の感触がよみがえり、本当に嬉しかった。

入社後の六ヶ月間の生産実習は私にとって物づくりを考えてゆく上で、品質、コスト、工程等の基本を学ぶ貴重な期間であった。

同時にどの職場に行っても、常に社員から見られていた。厳しい目もあった。

〈役員の息子というだけで、皆んな厳しいなー。皆んなと同じ仕事をするだけではあかん。皆んなの二倍働いて、ちょうどいい加減なんや〉

子供の頃から「お前は跡継ぎや」と言われてきたことの意味がようやくわかった気がした。

〈よし、皆んなからうしろ指をさされるようなことだけはしたくない。倍やらなあかんのであれば、倍やろう〉

こんな思いを心に決めたのも、新入社員の時であった。

実習を終えて、ものづくりへの興味とおもしろさを体験した私は、製造部への配属を希望したが、急激に成長し、社員の数も増加している実態の中で、労務関係の問題が数多くあった。そこで法学部を出てきたばかりの私は、労働関係の法律のこともよくわかるだろうと判断され、総務の仕事をすることになった。それまでの会社には総務専従者がおらず、経理部に所属する女性社員が経理部長のもとで勤怠、給料計算、入退社の処理などを行っていた。特に労働組合は総評傘下にあって、かなり活発に活動しており、労働条件の改善や待遇改善には厳しい要求を突き付けてくるようになっていた。

昭和四十年（一九六五）に入ると、わが国は本格的な成長期に突入。それと共に労働運動が活発になって、労働者の権利主張が強く、制度改革要求が国にも企業にも出されていた。

呉竹労働組合はもともと製墨職人の組合であったが、すべての社員が組合員になるというユニオンショップ協定が会社と結ばれており、管理職を除く全社員が組合員であった。

総評本部の指導のもと、各企業に対しても制度改革の要求が出され、呉竹労働組合もそれに従って就業規則の見直し、労働協約書の改定等制度要求が出されていたが、役員は多忙な役員業務の中でなかなか改善の手がつけられていないのが実情であった。

希望叶わず総務へ

社会へ出て数ヶ月、会社のこと、ましてや労務のことなど全く不明な私に総務の仕事が命じられて、まずやらなければならないことが就業規則の見直しであった。

〈会社の仕事は、商品をつくり、販売し、それに必要なお金の出入りをきちっとするだけではないんや。会社で働く人の条件や働く環境を整えて、できるだけ不平や不満のないようにすることが大切なことや。そうか、それが総務の仕事や〉

ようやく自分の仕事の意味が腹に納まった私は、さっそく労働基準法と参考書を持って就業規則の勉強をはじめた。

就業規則は社員の入社から退職まで、会社の仕事に就き、会社での勤労生活を送るための条件やルールを会社が決め、社員の納得のもとで実施する会社と社員の関係を基本的に定めるものであることが理解できた。

ひと月余り格闘の末、役員会に新しい就業規則を提出した。役員会に呼ばれ説明を求められた。

「これは具合が悪い。できん」

「ここは、こうする方がよい」

「こんなことまでせなあかんのか」

特に労働条件にかかわるところについては、労働基準法に定められているにもかかわらず、厳しい意見が出て、納得してもらうのに大変だった。修正に修正を加えたうえで、労働組合に提示することになり、「お前も団体交渉に出た方がよい。書記として出てくれ」と言われた。そのとき以来、社長業が終わるまでの四十年間、労務関係の仕事は私の役割になってしまった。

おかげで、労務問題については随分と勉強も出来て、会社経営の根幹は人づくりにあることに気づき、社員を大切にする経営の実践を体得できたのではないかと思っている。

私が総務に配属され、就業規則や賃金規定や労働協約書の改訂に懸命になっていた頃、「サインペンはしばらく書くとペン先が磨り減って太くなる」といったユーザーからの指摘に、「いつまでも太くならないペン先」の開発を急いでいた営業部長の良孝と製造部長の一行に思いがけない朗報がもたらされた。プラスチック製のペン先である。東京の業界誌を経営している社長が、「今後新しい筆記具のペン先はプラスチックが主流になる」と予見して極秘に研究され、完成されたものであった。そしてその製造をどうしたわけか、東京にある大手筆記具メーカーに持ち込まず、中小メーカーの呉竹に持ち込んでくれたのである。東京での業界の会合の時に、業界誌の社長として出席されて、良孝とたまたま隣に坐り合わせ、良孝のペンの開発の苦労話に感銘を受けられたにちがいない。

クレタケプラペンの誕生

間もなくサンプルが送られてきて、このペン先を装填したところ見事な細書きでインキの流れも実にスムーズであった。

「これや!!」

良孝と一行は感動した。今まで苦労に苦労を重ね失敗の連続であった難問が見事に解決できた瞬間であった。

すぐさま商品化にかかった。

新しいデザインの商品が出来上がった。

そのころの市場は、ぺんてるをはじめとする大手筆記具メーカーがその販売力で主流を占め、クレタケドリームペンは見る影もないほどになっていた。

「なかなかいいペンができたやないか」

「これはいけるで。業界初や。いや世界初や」

「いつから、どう販売するのがええやろか」

良孝は「やっぱりウチは墨屋のイメージが強い。我々が単独で売りにかけてもドリームペンのようになっては元も子もない。思い切って他社に販売を任せた方がよいかもしれん」と提案した。

「それやったら、ウチはウチのペンで売り、他社へ持って行ったら、そこでデザインしてもらって別のペンで売ってもらったらどうや」

良孝は、大阪の大手事務用品商社に狙いをつけていた。タイミングがよかった。その商社は、事務

輸出用「クレタケマーキングペン」
出典：株式会社呉竹創業百周年史「家業から公器へ」

用筆記具はツケペン先とボールペンしか持っていなかった。先方の社長の一言でGOがかかり、商品化を担当した社員は、ヒット商品への予感にワクワクしたことだろう。

昭和四十四年(一九六九)、呉竹は、プラスチックのペン先ということで「クレタケプラペン」の名で発売を開始した。世界初のプラペンとあって、市場の反響は大きく、特に海外からは大きな注文が次々と入ってくるようになった。

ジェットペン

大阪で万国博覧会が開かれた昭和四十五年(一九七〇)、大阪の大手事務用品商社のペンが出来上がった。今までにない斬新な流線形スタイルのデザインで、「ジェットペン」というネーミングであった。私は、これを見て、このペンは絶対売れると思った。広告宣伝にも大きな資金を投入する計画だと言う。

第一回目の注文が入ってきた。一〇〇万本。

フル生産である。九月に発売されると、極細のなめらかな書き味が受け入れられ、たちまちの内に市場を席巻して行った。毎月一〇〇万本を超える注文にクレタケ工業は猫の手も借りたいほどの毎日となった。

しかし、「クレタケプラペン」は「ジェットペン」に押され、苦戦の連続であった。

「ジェットペンもクレタケでつくっているんやろ。クレタケのプラペンが売れんでも、これが売れたら同じじゃないか。クレタケは墨が本業や。墨を一所懸命売るから、それで辛抱してくれ」などと、文具問屋からの言葉は厳しかった。

呉竹の営業社員が懸命にペンを売り込もうとしても、もともと墨や液体墨の会社というイメージが強く、新製品として発売したペンは、当初は買ってもらえても、なかなか定着して順調に売上げを伸ばすところまでは行き着けなかった。

次第に営業社員の心の中に「ペン販売は難しい」といった苦手意識が芽生えていった。

しかし、海外への輸出は好調であり、加えてジェットペンの大ヒットでクレタケ工業の生産は順調以上のものがあった。

急成長の中で

私は社内にいて生産販売の活動を横目で眺めながら、また急激に成長してアンバランスになっているヒトと勤務について、総務の仕事を進めながら、「商品づくりの仕事をしたいなあ、販売もしてみたいなあ」と思う気持ちが大きく膨れ上がっていった。

昭和四十六年（一九七一）四月、社長綿谷伍郎が逝去し、初代社長楢太郎の二男綿谷安弘が三代目社長に就任した。

その矢先、八月に世界経済を揺るがす事態が勃発した。

米国のニクソン大統領が、輸入偏重に傾いて危機に陥っている自国の経済を立て直すために、ドルの為替レートを固定制から変動制に切り替えたのである。特にこの措置は日本を意識するものであった。日本から安い繊維製品や生活用品、工業部品がどんどん入ってきて、米国の産業が圧迫され、大幅な貿易赤字が続き、産業界から「このままではどうにもならなくなる」と政治的圧

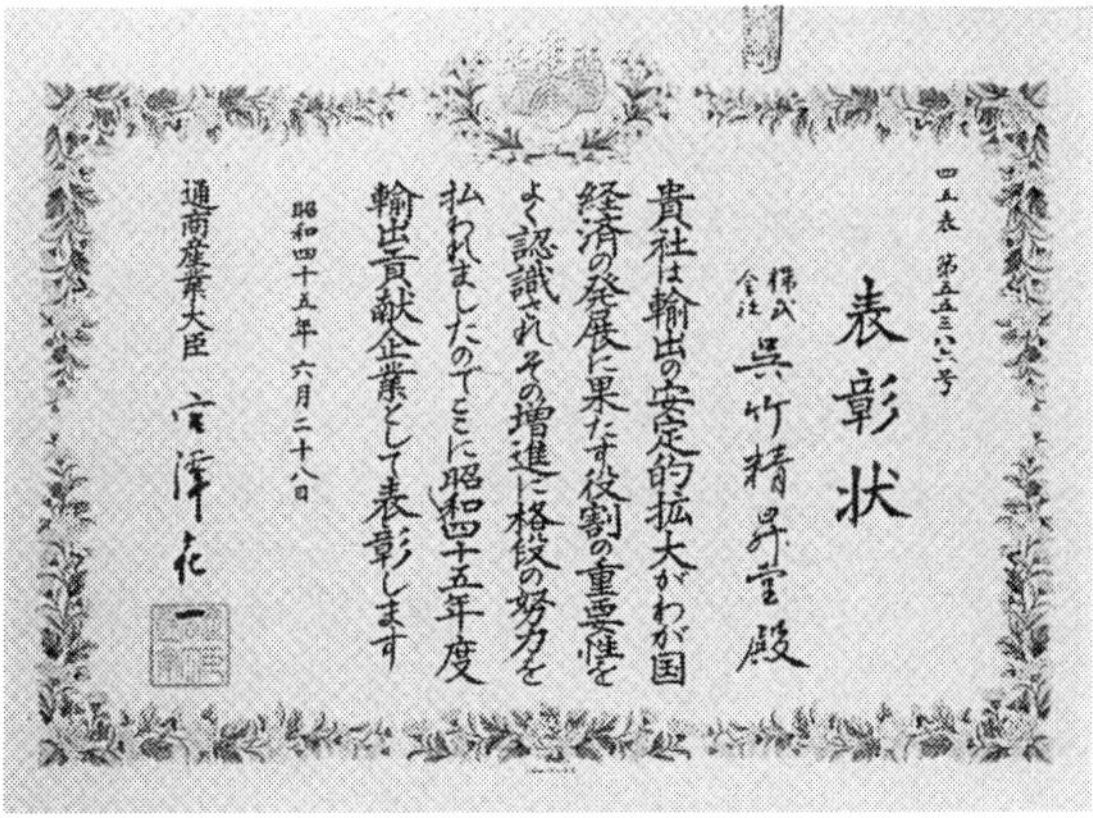
四五表 第五五三八六号

表彰状

株式会社 呉竹精昇堂殿

貴社は輸出の安定的拡大がわが国経済の発展に果たす役割の重要性をよく認識されその増進に格段の努力を払われましたのでここに昭和四十五年度輸出貢献企業として表彰します

昭和四十五年六月二十八日

通商産業大臣 宮澤喜一

輸出貢献企業として表彰(1970年6月)

力が米国政府に掛けられていたのだろう。

正に青天の霹靂《へきれき》の出来事であった。

為替の変動相場制への転換は、世界経済に大きな影響を与え混乱を招いた。特にわが国にとっては固定相場制で一ドルが三六〇円であったものが、たちまちのうちに三〇八円まで上昇し、円高の状況になった。今まで一ドルで三六〇円のものが買えたのに、同じものを買うには一・一七ドル払わなければならない。実質上一七%の値上げと同じことになったのである。

ニクソンショックの影響で

米国向け輸出は大きな問題を抱えることになった。米国の買い方は「こんな円高になるととても払えない。値引してほしい」と要求を出してくる。当方は「とても出来ない」と

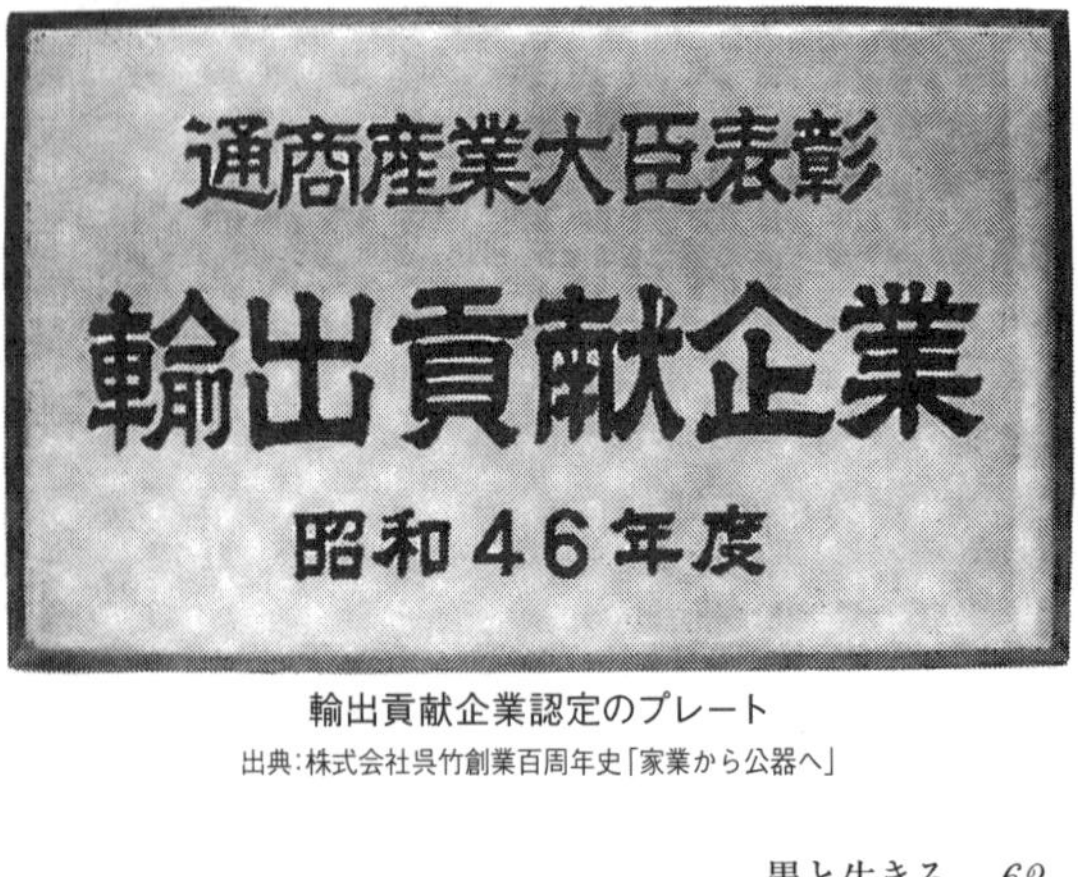

輸出貢献企業認定のプレート

出典：株式会社呉竹創業百周年史「家業から公器へ」

突っぱねる。

「それなら注文はキャンセルする」

そんなことが繰り返された。

呉竹が受けていた注文の大半がキャンセルされ、生産途上のものも同様であった。しかもクレタケブランドではなく、買い手のブランド名を入れるＯＥＭ生産がほとんどであったため、他に転売することもできない。

「どうしよう」

恐怖であった。

たちまちのうちに在庫の山となった。

海外からの注文はすべて途絶えてしまった。ペンの部品で使えるものは良いが、生産の終わったものはどうしようもなくなった。

幸い、ジェットペンの注文が順調に入ってきていたため、生産ラインがすべて止まることはなかったが、クレタケ工業ペン工場は人員削減をせざるを得なくなり、雇用問題で労働組合と交渉を重ねる必要に迫られた。そして選択したのは一時帰休であった。ペン工場の社員を交代で休ませて、生産調整を行い、休んだ日の給料分の六〇％を保証するというものであった。

誠にきびしい交渉であった。

組合からは「このような結果になったのも、海外の得意先と直接取引をせず、商社を通じての間接取引だったからだ。もっとはやく貿易業務のできる社員を入れるべきだった。突然の米国の政策変更だけが今回の原因ではない。将来を見通すことができなかった経営責任もある。なぜもっと国内販売に徹底して力を入れなかったのか。国内販売が充実しておれば、被害は最小限でくい止められたのではないか」

私は団体交渉の場に出席して、組合から痛いところを突かれたと思った。その反面で、〈これは思いもしなかった不可抗力ではないか。何も海外取引を成り行き任せにしていたわけではない。呉竹の実力から言ってこれがベターな選択であったのではないか―〉と無性に腹が立った。

「やっぱり、商社まかせではあかんな。自前でやらないと海外の取引先との交渉もできない。先方の考え方も見えてこない。組合の言う通りかもしれん」

交渉が終わり、冷静になって考えてみると組合の指摘は的を射ていた。

順調だった本業

幸い本業の墨、液体墨の販売は順調に推移し、ドルショックという大きな経済変動の影響を受けることは少なかった。

海外依存度の高い筆記具の生産をどうするか。何もできないままでいると、やがてクレタケ工業も呉竹精昇堂も大変なことになる。

緊急の課題は、皆無に近くなった輸出で落ち込んだ売上げの確保であった。

何度も役員会が持たれた。そして次のような対策が打たれた。

一、貿易から一時撤退する。

二、国内営業に力を入れ、輸出で減少する売上げをカバーする。

三、そのために、社員を配置転換して営業へまわす。

四、本業の墨、液体墨の新製品を開発する。

五、国内市場で劣勢の筆記具分野で、呉竹が戦える新製品を開発する。

六、一時帰休は六ヶ月を限度に一日も早く元に戻したい。

というものであった。

「半年も一時帰休が続くのか。そんなことでは生活でけへん。会社危ないのとちがうか」

クレタケ工業の製造社員の間では、そんな不安が拡がり、次から次へと退職者が出た。

その余波は呉竹精昇堂にも及んで、申し合わせたように三人から退職届が出た。

北陸地区の営業マンに

退職者が出る度に心が痛んだ。

困ったと思ったことは、トップセールスマンの一人であった営業社員が、会社のピンチにもかかわらず、独立して墨をはじめ書道用品を売るということであった。

「なんでこんな時に独立しはるんですか」と聞くと、

「会社が苦しいから高給取りはやめた方がいいんや。こんな時こそ独立するチャンスや」という。

私には理解できなかった。〈会社が窮地に立って、全員で頑張らなければならない時に、弱味につけ込んで、ましてや会社と同じような仕事をするなんてどういうことや〉。彼は長年、新潟から福井まで北陸地域を担当し、その地域で呉竹商品を№1に育てた実績を持っていた。そしてこの地域を中心に営業すると言う。

「正之君、ちょっと来てくれ」。そんなある日、社長から呼ばれた。

「M君が独立して北陸で営業を始めるらしい。君にその後を担当してもらいたい。M君に御得意が取られるのを喰い止めてほしい」というのである。

びっくりした。まさか私にお鉢が回ってくるとは思いもしなかった。心に緊張が走った。「正之なら呉竹の身内やから、御得意先も無下《むげ》にはしないやろ。正之に託すより方法はない」。社長はこう考えたらしい。

急きょ営業に出ることになった私は困ったと思った。何で営業の営の字も知らない自分がやらなければならないのか……。

御得意先の住所、交通機関、御得意先の長所短所、気をつけなければならないことなどを、辞める前の数時間、Mさんから引き継ぎを受けたが、あせりに似た気持ちからか、頭には入らなかった。

Mさんから話を聞いているうちに、「そうか、Mさんが一日五軒の得意先をまわるのなら、俺は十軒まわったらええんや。それならできるかもしれん」と思い立った。

「正之君、お前もえらいところへまわされたな。M君に負けんように。手強いぞ」。先輩の営業社員は同情するように慰めてくれた。

昭和四十六年の十月、初めて営業に出た。当時は営業車もなく、右手にサンプル入りのバッグ、左手に着替えを入れたバッグを提げての行商スタイルであった。夜行の白鳥号に乗車して、まずは新潟県村上市へ向かった。不安で目が冴えて眠れなかった。

翌朝、はじめての御得意先へ向かった。

「おはようございます。奈良の呉竹です。いつもお世話になり、ありがとうございます」

「Mさんやめちゃったねえ。昨日挨拶に来られたよ。ところであなたは社長の息子さん？　心配しなくっていいよ。呉竹さんとは長い付き合いだもの。ハイこれ注文書」

「ありがとうございます。私は社長の甥にあたります。どうか宜しくお願いします」

御得意先を辞して駅に戻る間、〈Mさんに先を越された。これからずっと先回りされるのか。しかしありがたかったなあ、注文もくれたし。はじめての注文、うれしかったなあ。この調子が続けばいいのになあ〉と、不安を覚えつつも、初めての受注を喜びながら、複雑な気持ちで次の御得意へと向かった。

新発田《しばた》、新潟、三条、長岡、上越、糸魚川《いといがわ》、そして富山、高岡、氷見《ひみ》から七尾へ。金沢に入り小松を経て福井へ。勝山、大野をまわり武生《たけふ》へ。敦賀《するが》から小浜《おばま》へ。営業活動の最終は舞鶴であった。三週間は充分かかる営業の旅であった。

念願の営業であったが、営業活動がこんなに厳しいものとは思ってもみなかった。しかし売上げによって会社に貢献していることを数字で示せる仕事に、次第に充実感を覚えていた。

「Mさんを気にしていたらだめや。自分は自分のペースで営業しないと地についた営業ができへん。会社はなんぼ売ってこいと目標を与えてはくれないけど、三年で今の売上げの倍にしたい。そうすればMさんに取られることもない。よし、三年で倍にしよう」

私の決心はいつも二倍であった。

入社当初、跡取り息子と言われ、うしろ指をさされないように皆んなの倍働くとした決心も、営業に配属されて、独立したMさんに対抗するために御得意先を倍は訪問するとした決心も、そして三年で売上げを倍にするとした決心も、みなそうであった。

新製品の登場

昭和四十七年（一九七二）が明け、各地で見本市が開かれる季節となった。一月五日に東京で開催される文具紙製品の生産者見本市にわが社の二点の新製品が発表された。

ひとつは、本業の墨・液体墨の分野で、磨った墨と全く変わらない、書道家やその弟子や趣味の書道をたしなむ人たちのための作品制作用液体墨「書芸呉竹」であった。

もうひとつは、細くてどこにでも書け、洗濯しても消えない「クレタケランドリーペン」であった。何とか海外からの撤退による売上げダウンを穴埋めしたいという一心の策であった。

「書芸呉竹」は書道用品専門店を通じて書道家のルートに、「クレタケランドリーペン」は文具問屋を通じて文具店の店頭に。二点の新製品は見本市で注目され、反応は満足できるものであった。

しかし海外輸出の売上げ減をカバーするまでには至らなかった。「クレタケランドリーペン」の発売によってクレタケ工業の一時帰休は中止され、皆の笑顔が戻ってきて、ほっとした。「書芸呉竹」は作品制作用として書道家の方々から良好な反応が返ってきた。

「これからの書道は展覧会時代に入る。作品も今まで以上に大きくなる。日展や毎日展の作品の規格が大きくなることは間違いない。こんな時にこの『書芸呉竹』が出来たことは我々書家にとってほんとうにありがたい。呉竹さん、いいところに目をつけたな」

福井を回商している時、書家の先生からそういって褒めていただき大変嬉しい思いをした。

福井の越前和紙の里へ

北陸の雪解けの季節は冷たい。骨身に沁《し》みる冷たさである。加えて雪が溶けて道はみぞれのようでビショビショに。軒先を歩くと雪が滑り落ちてくる。そんなところを重いバッグを持って訪ねて回るのである。

福井県でのことである。

Mさんからの引継ぎでは、二〜三ヶ月に一度訪問すればよいと教えられていた越前和紙の里にある紙店を訪問した。

「呉竹さん、よう来たよう来た。あんたもMさんのあとは大変やなあ。社長の息子さんか？　まあ、Mさんのあとやったら身内の者でしか務まらんやろ」

「社長の甥にあたります。まだ新米なので宜しくお願いします。今日は新製品を持ってまいりました。『ランドリーペン』といいます。今までにない油性インキの細書きです。衣類にも書け、洗濯しても落ちませんから、子供の運動着の名前書きにも使ってもらえます」

商品説明をひと通り終わると、「やってみるわ。一梱送っといて。ところでな、呉竹さん。前々から思っていたんやがな、あんたとこは墨が一番や。『墨滴』もできて、『墨のかおり』もここではよう売れとる。せっかくペンを作ってんやから、これを利用して、筆の軸に墨を入れて、そのまま書ける筆をつくったらどうや。筆プラスペンや。あんたとこは書道関係が得意やから、普通の筆記具はパイロットや三菱にやらせといて、もっと筆文字の書けるペンをつくったらどうや」

「はあ、おもしろいですね。会社へ帰って話してみます。でも難しそうですね」

私は、その時には面白いとは思ったが、ピンと来なかった。しかし、その店から武生へ帰るバスにゆられながら、紙店のオヤジさんの話の「筆プラスペン」が頭の中で次第に大きくなり出した。

筆プラスペンという発想

「筆プラスペン、筆プラスペン、筆プラスペン」

何度も頭の中でくり返していた。

旅館へ帰り、日報にもこのことを書き、報告した。早く会社に戻りたかった。そして、「どうしたらできるか」が頭から離れなくなった。

「サインペンの繊維のペン先はのり剤で固くしてあるから、毛筆風には書けるかもしれないが弾力がないからだめや。プラペンのペン先は細いけれどこれも弾力がないなー。もっと弾力のあるプラスチックの材料はないもんか。ゴムをペン先のようにできんかな―」

頭の中を「筆プラスペン」が駆け巡っていた。

会社に帰って出張の整理をしていたところ、製造部長から呼び出しがかかった。

「正之君、日報で書いていた福井の紙屋の話、社長から聞いた。詳しい話を聞かせてくれないか」

社長は一週間前の私の日報を読み、「正之がこんなことを書いて来てくれた。おもしろい話やと思う。正之が帰って来たら、一度詳しい話を聞いてほしい。新製品が出来るかもしれん」と製造部長に指示を出していた。

私は製造部長のもとへ行き、福井の紙店のオヤジの話を報告すると共に、「弾力のあるプラスチックで今のプラペンのようなペン先をつくることができたら、毛筆文字の書けるペンが出来ると思います。最近は生活の中で毛筆を使うのは冠婚葬祭の時ぐらいです。しかしもっと手軽に筆文字が書けたら、みんな飛びつくやろうと思います」

「そんなことしたら、筆も墨も売れんようになってしまうやないか」

「いや、筆や墨はもう学校の習字や書家の間で使われるだけで、家庭で使われるのはのし紙や金封を書いたり、年賀状や暑中見舞いを書く時ぐらいです。年賀状も印刷されて、宛名書は万年筆やボールペン、サインペンです。ここを新しいペンで狙います。筆や墨とバッティングすることはないと思います」

熱弁をふるった。何とか実現したいと思った。

「そうか。今のうちやな。やってみようか。ようわかった。相談してみるわ」と言ってくれた製造部長に、私は「是非お願いします」と頼み込んだ。

筆ペンの開発

数日後、役員会に呼ばれた。

「正之君、君の提案してくれた筆プラスペンやけどな、開発することにした。ついては君もこの開発に参加してもらいたい。商品名は、『くれ竹筆ぺん』とした。筆プラスペンのプラスをとれば筆ぺんや。どうや。君には、商品のデザインを考えてほしい。中味については、今までのように専務(前の営業部長)と製造部長でやってもらう。どんな商品にして売り出すか、専務ともよう相談してくれ」

話は急展開を迎えた。

「はい、わかりました。しかし二十日以上も出張に出ていますので時間が取れないのではと心配しています」と私。それに対しても、

「何言うてんねん。考えることはどこででもできる。ワシらはそうやってきた。二十日が長ければ、短くする工夫したらええのや。もう北陸もお前が頑張ってくれたおかげでM君の影響は少のうなった。役員皆の意見は、これはウチの強味を発揮できる大型の新製品になる可能性がある、ということや。営業も大事やが、この開発の方がもっと大事や。そのうちに営業は他の者にバトンタッチさせる」

福井の片田舎の紙店のオヤジさんから何気なく出されたアイデアをふくらませて会社へ提案したことがきっかけとなり、私も新製品「くれ竹筆ぺん」の開発に参加できる。嬉しくて胸が躍った。

まず、どうしたら売上げをおとさずに営業日数を短縮するかを考えた。自分で立てた「三年で売上げを倍にする」という目標だったが、まだ半年を過ぎたばかりだった。

営業活動を毎月単位で考えていたものを、二ヶ月単位で考え直すことにした。毎月訪問しなければならない御得意先と二ヶ月に一度の訪問でよい御得意先に振り分けて回商することにした。営業活動の大切なことは売上げと代金回収である。二ヶ月に一度まわる御得意先には銀行振込をお願いすることにした。

こうして二ヶ月単位で営業活動を始めた。ひと月目の出張で一週間の短縮ができ、ふた月目は今まで通りの三週間の出張で従来通り。売上げの八割を占める取引先は毎月回るのだから、売上げは順調。無理を言ってお願いした銀行振込の代金回収も、滞るところはあったが問題はなかった。

こうした営業活動の工夫が他の営業社員の知るところとなり、今まで何の疑問もなく習慣的に行われていた長期出張を見直すきっかけとなった。売上げを落とさない効果的な営業活動として定着し、出張経費の大幅な削減にもつながった。

「御得意先や書家の話の中に商品開発のアイデアがいろいろとある。問題はそれに気付くかどうかだ。市場を知るとはこういうことなんや」

私は御得意先との商談の中で、自社製品の売込みだけではなく、他社製品の動向、自社製品の市場での反応をできる限り聞いて、メモを取るようにした。その中には四年後に開発する固型墨についての意見や書道液墨滴についての貴重なアイデアがあった。営業活動の短縮によって筆ぺんのことを考える時間が捻出でき、まずは商品のイメージづくりに入った。今で言うコンセプトである。

デザインの工夫

○デザインの基本は筆プラスペンだから和風。筆のイメージは残した方がよい。
○商品は今までになかった商品だけに説明が必要となるからそれができるパッケージがよい。
○価格はサインペンの延長線上で考えずに、筆の延長線上で考えた方がよい。
○売り場は文具店、書道用品店、百貨店。スーパーはできる限り避ける。

サインペンの延長線上で商品づくりを行うと、一本五十円の世界になってしまう。いくら高く売ろうとしても一〇〇円が限界。筆プラスペンという付加価値のついたペンだから、筆の書き味、筆のイメージを残せば、もっと高くても売れるのではないかと考えた。頭の中には「一本二〇〇円」という具体的な数字が浮かんでいた。

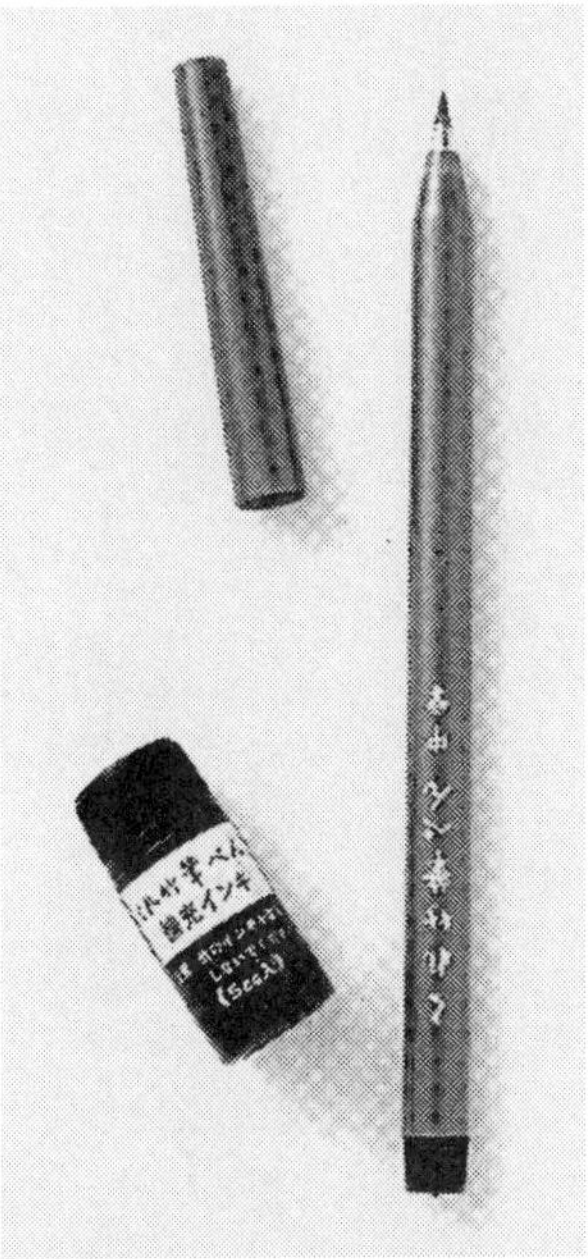

初期の「筆ぺん」本体とインキボトル
出典：株式会社呉竹創業百周年史「家業から公器へ」

筆のイメージを残し、かつ和風なデザイン。

小筆の軸を片っ端から調べた。軸の中にインキタンクとなる中綿が入るから小筆のように細くはならない。握りやすさ、書きやすさ、手になじむ太さは、直径九㎜がよいと決めた。キャップの形がこのペンのイメージを左右すると考え、できる限り筆のキャップの形を再現できるようにした。軸の長さとキャップの長さのバランスを絶妙にしたいと思い、黄金比率を思い立った。キャップをした時のキャップと軸の比は一対一・六一八が最も美しく安定していると言われている。

試作してみると、その比率で安定し、違和感のないものになった。

色は竹軸に近いものにし、豪華さを醸し出すために、プラスチックに金粉を混ぜて成形することとした。

こうしてペンのボディは出来上がった。

パッケージとキャッチコピー

次はパッケージである。弾力のあるペン先で毛筆のようにトメ、ハネ、ハライが表現できることをひと目でわかるものにしなければならない。商品の特長を謳った台紙とペンをセットして透明の袋に入れたらどうかと考え、いろいろ試作してみたが、どうもピッタリこない。ヒントを得ようと百貨店の売り場を探しまわった。

「これや、見つけた」

それは、台紙の上に商品をセットし、透明カバーを溶着したものだった。ブリスターパックという新しいパッケージとわかった。これなら説明は充分できる。

一方、出張の旅先で、商品を一言で説明できるキャッチコピーを考え続けた。一冊のノートに思いつくまま書きまくった。その中から数点を選び出した。

①商品の特長をひと言で説明できるもの

「筆跡はズバリ毛筆」

②書き味を説明するもの

「太くも細くも自由に書ける」

「筆文字のトメ、ハネ、ハライがきれいに表現できる」

③だれに使ってほしいかを訴えるもの

「毛筆が苦手な人にも手軽に使えます」

④いつ、どこで、何に使うか、用途の説明
「年賀状、暑中見舞、書簡、冠婚葬祭、かきかた、宛名書、事務用」

これらのコピーを台紙にレイアウトし、商品としての体裁を整えた。

モデルをつくり、専務に提出した。

「よう考えたな。なかなかええやないか。ここはこうした方がええな。このパッケージはどこで見つけてきたんや。しかしこれだけのことをしたら一〇〇円では売られへんやないか」

専務の頭の中には、プラペンの延長線上の筆ペンがあった。

新しい筆のペン

「このペンは新しい筆のペンと考えました。ペンの延長線上にあると一〇〇円が限度です。しかし、新しい筆、筆を手軽に使えるようにペン化したものとして売り出せば、二〇〇円はいけます」

「二〇〇円か。高すぎて危険やないか」

「いえ、せめて年賀状ぐらいは毛筆で書きたい、筆文字で手紙の宛名が書けないものかと思っている人はたくさんいます。毛筆の苦手な人が、手軽に書けるようになったら、二〇〇円でも安いと買うてくれます」

「うーん、着眼点はええが、そんなに甘いもんやないで。まあもうちょっと考えよ」

商品としての形はある程度固まってきたが、専務と製造部長の進めているペン先の開発は難行していた。

ペン先の材質、形状にいろいろと検討を加え試作を繰り返していたが、なかなか弾力のあるペン先の開発に至らなかった。

昭和四十八年(一九七三)、年が明けて間もなく、親水性《しんすいせい》に富むナイロン樹脂の成型に成功し、水に浸すと水になじみ弾力が出ることがわかった。しかしそれだけでは太くも細くも自由自在、トメ、ハネ、ハライの表現には不足であった。

こうした試行錯誤を繰り返している中で、インキを流すスリットの数を多くして、成形時に捻《ひね》りを加えてはどうかと思い当たり、それをやってみた。すると、試作のペン先は見事に難題を解決していた。製造部長は専務の元へ試作のペン先を持って行った。

「専務できましたで。これや。これなら大丈夫や」

専務も「おお、これか。よう書ける。これやったらいける。インキの流れに偏りはないやろな。すぐに量産テストしようやないか」と太鼓判を押してくれる。

こうして私の商品化の提案が取り入れられ、ペン軸の金型が出来上がり、テスト成型も行われて、さっそく筆ぺんとして組立てられた。

「なかなかええもんが出来たな。書き味はどうや。ここまでよう苦労してくれたな」

そう言って社長も書いてみる。

「くれ竹筆ぺん」「謹賀新年」「明けましておめでとうございます」「御礼」「御祝」「拝啓　早春の候、益々御清祥の御事とお慶び申し上げます」―と次々と書いていく。

「なかなかよう書けるやないか。書き始めはちょっと硬いが、書いているうちに軟らかくなってちょうどよい弾力になる。これは良い。これでいこうやないか」

社長から商品化のGOが出た。

しかし、一難去ってまた一難。

通常、ペンは店頭でペン先を上向けで陳列されて売られている。私の考えたブリスターパックの方式もペン先を上に向けてセットし、店頭ではハンガーにブラ下げて販売する計画であった。

ところが、ペン先を上にして一週間放置しておくと、ペン先に保持されているはずのインキがペン先から下へ落ちてしまって、かすれてすぐに書き出せないことがわかった。

反対に下向けにセットすると今度はインキがあふれてキャップにたまってしまう。

「これはえらいことになった」

ペン先のスパイラルをきつくするとインキが流れにくいし、ゆるくするとインキが流れすぎる。商品化がストップする重大欠陥であった。

私は営業活動を続けながら、どう乗り越えればよいかを考え続けた。そして、金沢の文具店を訪問した時である。万年筆の陳列を見てひらめいた。

「そうか。万年筆は買った時はインキが入っていない。使う時にインキを補充する。この方法で売ればいいのではないか。補充インキをセットしておけば、使う時にインキを補充してもらえる。使い捨てのペンにしないで、何回も補充して使えたら、その方が喜んでもらえる。二〇〇円の価格でもいけるやないか」

これしかない、と思った。

帰社後、さっそくこのことを専務に提案した。まだ他の解決策は見つけ出されていなかった。

「ええところに気付いてくれた。苦肉の策やが解決できる。補充インキをつけたら繰り返し使えることは、使う人にとってもよいことや。これやったら二〇〇円でもいけるな」

すぐに仕様変更に取り掛かった。軸の尾栓に中綿のインキタンクを接着して、かつネジ切りをして尾栓をまわす。そして、中綿を軸から取り出し、インキを補充するとまた装填できるようにした。補充インキはペン先の耐久性を考慮して五ccが入る容器を探した。

こうして商品の最終仕様が決定した。

くれ竹筆ぺんの発表

昭和四十八年(一九七三)六月の初旬であった。

どうしても年末の年賀状の季節に間に合わせたい。しかしペンの組立てラインを準備していたのでは、とても間に合わない。

「手づくりでもよいから見切り発車しよう」

七月の営業会議で「くれ竹筆ぺん」がはじめて専務から発表された。営業社員は、前から筆ぺんの開発が進められていることは、何となく知ってはいたが、試作品とは言え商品を目にするのは初めてであった。「これは売れる」と思ったのだろうか。皆んなに笑顔がほころんだ。

「この新製品には社運がかかっている。ドルショックで落ち込んだ分も取り戻してもらいたい。発表は、八月の『東京生産者見本市』としたい。年末の年賀状の時期に行き渡るように頑張ってほしい。営業会議が終われば、それぞれの担当地域でどれくらい商品が必要かをまとめて報告してもらいたい」

専務の問いかけに対して、営業社員から出てきた必要数は三十五万本であった。新製品の導入段階としては適当な数字であった。

八月、「東京生産者見本市」で発表した。来場の御得意先は実際に書いてみて「これは良い商品や。久々のヒットの予感がする」と絶賛であった。受注は二十万本を超えていた。

'76キャンペーンのご案内
出典:株式会社呉竹創業百周年史「家業から公器へ」

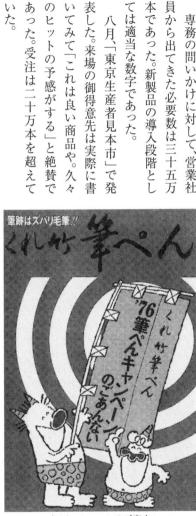

「いつ送ってくれますか」

「多分十月の終わりになると思います」

私は初回導入に少なくとも四十万本が必要と思った。しかし、それだけの数量を生産するには時間が足りなかった。

大阪地域のみ限定販売に

そこへ中東戦争に端を発するオイルショックが日本経済を直撃したのである。原油価格の急騰だけでなく石油関連製品が暴騰し、次から次へと店頭から姿を消した。工業用原料も入手ができなくなっていった。日本経済はモノ不足と高騰で麻痺状態になり、特に製造業に深刻な影響を与えた。

「さあ、これからや」と意気込んでいた、「くれ竹筆ぺん」の生産、「ジェットペン」の生産、液体墨の生産の材料調達がままならず、頭を抱える状況になった。

方針の変更に迫られた。全国一斉出荷を取りやめ、出来上がった商品を大阪地域のみで販売するというものであった。幸い、注文をいただいた御得意先にオイルショックの状況を説明すると、理解を示してくれないところはなかった。

オイルショックで売上げは大きく落ち込んだ。ようやくドルショックの危機から立ち直れると期待していただけに全社意気消沈してしまっていた。

出来上がった商品は十八万本。これを大阪地域で限定販売することにした。

ところが、大阪での地域限定販売は大成功であった。十一月上旬に発送し、店頭に並ぶと年賀状の時期と重なり、たちまちのうちに売り切れてしまった。

「思った通りの結果や。来年はこれで勝負や」

私は会社の窮状を憂いつつも、前途に明るい希望を抱いた。

思えば困難な開発であった。智恵を出し合っての問題解決であった。それと同時に、世界で起こる変動が日本も直撃することを身を持って体験し、これからの経営には国際的な視野を持たねばならないことを痛切に感じた。

「貿易をドルショックでやめたことは会社の安全を考えるとよかったのかもしれないが、市場開拓を海外に求めないとこれからは伸びて行けない。筆ぺんが成功したら、もう一度海外や」と心に決めたのである。

価格改定へ

年が明け、オイルショックは次第に沈静化に向かったが、物価高は続いた。原材料のコストも高止まりで、商品の価格改訂がどの商品にも及んでいた。

昭和四十九年（一九七四）の春闘は厳しかった。売上げ低下、コスト高の会社と、生活防衛を叫ぶ労働組合が正面対決。呉竹も例外ではなかった。

労働組合は、史上最高とも言える賃金アップを勝ち取った。我が社もストライキを覚悟して迫ってくる組合に折れざるを得なかった。

一四，〇〇〇円を上回る賃上げであった。

「これでは会社はやって行けない。値上げに踏み切ろう」

社長の決断で、全商品の価格改定を断行した。どの会社も値上げ値上げの連続で、問屋の反応も値上げは当たり前、さしたる問題も発生しなかった。こんな経済混乱の中で、筆ぺんの生産が再開されたのである。

テレビ宣伝を仕掛ける

そんなある日、専務から呼ばれた。

「正之君、年賀状時期に向けて筆ぺんの生産が始まる。生産ラインも整ったから、去年のような総動員でやることもないやろ。ところで、今年はいくら売れるかの見積もりを出してもらいたい。大阪での状況は良かったが、これを参考にしてハジキ出して見てほしい。それとな、役員会にかけたい事やが、テレビ宣伝はどうや。この前、君がテレビ宣伝している商品はよう売れると言うとったことを思い出した」

「筆ぺんの数量は計算してみます。一週間ほど下さい。せやけど、テレビ宣伝はやるに越したことはないですが、端下金《はしたがね》ではいけへんし、役員の皆さん、OKしますやろか」と私。

「去年の大阪を見たらわかるやろ。消費者は皆、こんな商品が欲しかったと買ってくれた。すぐに他のメーカーが研究してるはずや。多分ペンテルは年末には出してくると思う。ウカウカしてるとまたやられてしまう。今がチャンスやから、銀行から金を借りてでもやった方がよいと思う。正之君、テレビ宣伝はどうしたらよいのか、調べてほしい」

以前に筆ぺんの商品化で専務と打合せをした時、御得意先から「テレビで宣伝したら、よく売れる」と聞いたことを、「テレビ宣伝したらどうですやろ。テレビ宣伝の効果は抜群やと聞きました」と報告したことを思い出した。

早速、大学の先輩が大手広告代理店の博報堂に勤務されているのを思い出し、博報堂へ向かった。

「先輩、ウチの会社でこんなペンを開発しました。昨年の暮、大阪でスタートしたところ、すぐに売り切れるほどよく売れました。これなら絶対いける、できるだけ早く全国に行き渡らせたいと思っています。そのためにテレビ宣伝が良いということになりましたが、私はテレビ宣伝のことは全くわかりません。どうすればよいか教えて下さい」

「テレビ宣伝しようとなると、番組提供とスポットCMとがあるんや。番組提供は、基本的には番組の始まる時、終わる時に三十秒のCMを入れる。もうひとつのスポットCMは、番組と番組の間を利用して十五秒のCMを流す。どちらも時間帯によって視聴率がちがうから視聴率の高い時間帯はそれだけ値段が高くなる。まあ番組提供はその番組の制作費も込みになるから非常に高いので、十五秒スポットの方が向いていると思う。スポットCMの費用とは別に十五秒CMの制作費もかかる」

先輩はさらに続ける。「番組提供は、最低でも半年はその番組をもってもらわなあかん。たとえば、は八チャンネルの関西テレビは、東京のフジテレビと系列が同じやから、全国に配信される。だから一回最低でも一，〇〇〇万円は必要かな。月四回流れて六ヶ月やから二億四，〇〇〇万は必要になってくる。十五秒スポットは、全国各地にテレビ局があるから、こちらから予算を言って、どの時間帯に何本入るか見積りを取る。視聴率によってAタイム、Bタイム、Cタイムのゾーンに分けられて、予算によってAタイム〇本、Bタイム〇本、Cタイム〇本と局から示されてくる。これが見積りや。東京、大阪、名古屋は人口が多いからそれだけCM費用は高くなる。まあ、全国に三ヶ月流すとしたら、一億は必要かな。ちびって中途半端に流したら、その費用はドブに捨てるのと同じや。やるなら思い切ってやった方がええよ」

また「CMの画像の制作は何を訴えたいのかを考えて、プロのスタッフにお願いする。制作スタッフはそれによって三～四点、絵コンテをつくってくれる。その中から選べばよい。人気のあるタレントを使うと、その出演料もかかるから結構高くなる。撮影するからその費用もかかる。一，五〇〇万から二，〇〇〇万は見ておいた方がいいよ」

私はテレビコマーシャルがこんな仕組みになっていて、そんなにお金がかかるとは思ってもいなかった。

〈えらいことや。簡単にはいかない。そんなお金が呉竹のどこにあるんや〉

意気消沈であった。

帰社して専務にこのことを報告した。

日頃は強気の専務も「そうか」と言葉がなかった。

専務から指示された販売本数の予測は、全国三〇〇社の問屋を基準にして計算した。問屋の営業社員数、取引文具店数を取引先名簿からひろいあげ、「これ位は売ってもらえるやろう」という期待値であった。その数字は四〇〇万本を超えた。

「予測した数字は四〇〇万本を超えます。正確には四二六万本です。しかし、これは売ってもらえるやろうと思った期待値です。これにテレビ宣伝したら、ひょっとすると六〇〇万本位いけるかもしれません」

「えらい大きな数字やな。つくる方も大変や。品切れになるかもしれんな。よく考えてみる。ごくろうさん」

数日後、役員会に呼ばれた。

社長は「正之君、専務から聞いたが、今年の筆ぺん四〇〇万本、これだけ売れたらありがたいが、本当にいけるか。まして二〇〇円の価格やから、都会では大丈夫と思うが、地方はそんなにいけるとは限らん。しかしこれだけの数字だと今まで投資した金は一年で取り戻せる」

「大丈夫と思います。御得意先も待ってくれています。問屋さん一軒ごとの見込数がこれだけになりました。それと市場に一日も早く筆ぺんを浸透させるために、テレビ宣伝したらもっと行けると思います」

役員会は、期待と不安の議論が白熱したが期待感がまさっていた。

筆ぺんに賭ける

「よっしゃ。結論を出そう。こんな不景気の世の中やが、筆ぺんに賭けてみたい。製造は四〇〇万本の生産に走ってもらう。営業はこれを徹底して売ろう。宣伝車で全国の文具店をまわるようにしてもらいたい。

テレビ宣伝もやろう。宣伝に一億をかける。断崖絶壁や。資金は、ワシと経理部長で銀行と交渉する。失敗したら会社はアウトや。正之君、君にテレビ宣伝の一億預けるから専務とよく相談して何としても成功させてくれ。それと来月から営業は他の者にバトンタッチさせる。ただ富山の〇〇と福井県は大事なところやから、まだしばらくまわってもらいたい」。大決断であった。

私は背中が痛くなるほど緊張した。はたして責任の重さに耐えられるかと思った。

「社長とはこんなすごい決断をしなければならないのか。この決断に応えなければ……」

早速行動を起こした。先輩のいる博報堂へ走った。

「すごい決断しはったな。よっしゃ、できる限り応援する。今回は後輩のために商売抜きや」

すぐさま全国のテレビ局へ予算配分をして見積もりが依頼されると同時に、コマーシャルの内容をどうするかについて、制作部門のスタッフと会議を持つことになった。

私は、「年賀状には〝くれ竹筆ぺん〟を全面に出すこと。筆跡はズバリ毛筆で年賀状を書いているところを見せて表現する。来年のことを言うと鬼が笑うという諺《ことわざ》があるが、今の経済の閉塞感を来年こそは打ち破ろうと鬼を笑わせてはどうか」と思いを述べた。鬼はかわいいアニメーションで表現することとなった。覚えやすいように〝くれ竹筆ぺん〟にメロディーが作曲された。

テレビコマーシャルの開始

コマーシャルフィルムが出来上がり、試写会が行われ、「なかなか鬼が奇抜でわかりやすいものが出来たやないか。これならよう覚えてもらえる」と役員間では好評であった。社員にも試写会を行った。放映は十月一日から十二月二十五日の間とした。

営業社員もテレビコマーシャルの後押しがあると勇気百倍、売込みに拍車がかかった。テレビコマーシャルの内容と各地域の放映時間のタイムテーブルを準備し、配ってもらった。

反響はすごかった。「呉竹さん、テレビ宣伝までするのか」「放映が十月一日やから、九月二十日までに商品を送ってほしい。間に合わしてや」

フル操業で、残業に次ぐ残業であった。

十月一日、テレビコマーシャルが始まった。関西は関西テレビである。八十五日間、一日平均三本の放映。早朝から深夜までの間、放映のタイムテーブルは散りばめられていた。最初の放映は午前七時三十分。私は食い入るようにテレビを見ていた。流れた。興奮で全身が熱くなっ

虎の巻付き「くれ竹筆ぺん」
出典：株式会社呉竹創業百周年史「家業から公器へ」

た。わずか十五秒。あっと言う間であった。

最後のフレーズ「年賀状には〝く〜れたけ〟ふ・で・ぺん」が印象に残った。

そのあと、友人や知り合いから次々と電話がかかってきた。

「筆ぺんのコマーシャル見たで。スゴイなー。よさそうなペンやないか。どこで買うたらええねん」

こんな反応がとにかく嬉しかった。

販促チラシ
出典：株式会社呉竹創業百周年史「家業から公器へ」

会社へ出勤すると皆ニコニコ、コマーシャルの話で一杯だった。会社全体がひとつになった感があった。

会社にも社長を始め、役員へも仕入先、御得意先業界の人たちから感想が届いた。

十一月に入ると、年賀状の発売と同時に店頭でどんどん買われるようになり、追加注文が全国の御得意先から入ってきた。

百貨店から実演販売の要請が来た。青森県のテレビ局からは営業社員のテレビ出演の依頼もきた。

十二月に入ると、店頭で品切れになった。

御得意先からは矢のような督促が毎日のようにきた。

「これからが本番なのに、品切れ？　それは困るよ。何としても商品をまわしてほしい。いつ送れるの？」

「すみません。今、全国から注文をいただいていまして…出来次第お送りいたします。ご迷惑をおかけしまして申し訳ありません」

金沢からは、わざわざトラックで商品を取りに来た御得意先もあった。

テレビ宣伝の絶大な効果と、今までになかった書き味の筆ぺんは大反響であった。

予測計算した四二五万本を上回り、五〇〇万本を突破する勢いであった。

大ヒット商品である。日経新聞が発表するヒット商品番付では前頭筆頭にランクされた。

幸いにも、危惧していた大手筆記具メーカーからの参入はなかった。しかし、いつ参入してくるか、その不安はぬぐい切れなかった。

昭和四十九年（一九七四）の年が暮れ、筆ぺんの市場参入を果たした喜びは大きかった。

私自身、商品化と共にテレビ宣伝担当という大役を与えられ、必死にやり抜いた。その達成感は何にもまして得難いものを手に入れたという感慨深さであった。

教訓を得て

福井県の御得意先との何気ない話の中から、筆ぺんというとんでもない大ヒット商品が生まれたこの経験は、「常

「筆ぺん」の販促「お年玉プレゼント」（1977年12月）
出典：株式会社呉竹創業百周年史「家業から公器へ」

に売りの現場に目を向けよ」という貴重な教訓を私に与えてくれた。

以後、新製品の開発に携わることが続くが、いつも売りの現場に足を運ぶ中で、そして御得意先との話し合いの中で、ヒントを得ることが多かった。

あせってはヒントは見えない。あわててはさらに見えない。あきらめたら何も見えない。「あせらず、あわてず、あきらめず」。

学生時代の山登りで得た信条は、仕事の世界でも大切にしなければならないものであると考えるに至った。

昭和五十年（一九七五）一月五日の新年式で社長は「筆ぺんの開発と発売によって、非常に景気の悪い中、ようやく長く暗いトンネルから抜け出ることができそうだ。会社の存亡をかけたテレビ宣伝も成功裡に終えることができた。このありがたい結果は、社員一同一致団結して行動できた賜である。ほんとうによく頑張ってくれた」と筆ぺん商戦についての総括とねぎらいの言葉を全員に掛けられた。

以後は企画開発へ

新年式が終わって、社長から呼び出しがかかった。

「正之君、今回の筆ぺんはようやってくれた。会社を伸ばすのは、やっぱり新製品や。これから君の仕事は新製品の企画開発を中心にしてほしい。営業も大事なところはもう少し担当してくれ。三月になると春闘が始まるからその準備も忘れんように」

以後私は、仕事の大半を新製品開発に打ち込むと共に、会社の新しく取り組むべきことについて、経営企画という立場で提案し、実行していった。

「おそらく今年は、ぺんてるや大手の筆記具メーカーが筆ぺんに参入してくるにちがいない。一歩先んじたことは間違いないが、どんな商品をつくってくるか。やられてしまうかもしれない。三年間は徹底抗戦や」

このように考え、八月以降の筆ぺん商戦の作戦を立てて行った。

まず、商品について、市場の声を聞いた。

「もう少しペン先が軟らかかったらもっと良い」

「筆ぺんで書くお手本があったらよいのに」

「書き味がもっと太くてもよいのでは」

集約すればこの三点であった。

製造部長をはじめ技術社員に「やわらかくて太く書ける筆ぺん」の開発ができないかを打診した。

「今年の発売には間に合わないが、来年には何とかしよう」

今年は、発売した商品を市場の隅々まで浸透させることを第一にしなければならないと考えていたから、来年に次の筆ぺんを発売することには異存はなかった。

筆ぺんの手本をどうするかが難題であった。

別にお手本集をつくって販売するという意見も出たが、筆ぺんを買ってくれた人達がすべて参考にできる方法がないかを考えた。

豆本を思いついた。筆ぺんのブリスターパックをする際に、ペン、補充インキと共に豆本をセットして、商品に組み込むことにした。手本となる内容は、暑中見舞、年賀状、冠婚葬祭に絞り、大阪の著名な書道家にお願いした。その書道家は筆ぺんで書いて下さり、この豆本を「くれ竹筆ぺん虎の巻」と命名して下さった。

こうして、お手本付のくれ竹筆ぺんが出来上がり、生産体制を整えて行った。

店頭でのディスプレーセットも用意した。全国の文具店に置いていただけるように、二四〇本入、一二〇本入、六〇本入の三種類をつくった。

問題はテレビ宣伝であった。

ぺんてるの参入

「今年はテレビ宣伝どうしますか」

「また一億かけないかんのか。せっかくの儲けが飛んでしまうな」

「今年が勝負やと思います。去年は新発売で買ってもらえましたが、今年の目標はこのペンを全国のすみずみまで浸透させ、定着をさせることだと考えています。今年は六〇〇万本は堅いと思います。テレビ宣伝はやるべきと思います」

「そうか。一年やっただけでは効果は出んやろな。一回でやめたら、呉竹も金が続かんかったかと言われるやろな」

今年もテレビ宣伝を昨年通りにやることになった。

今年のコマーシャルの内容をどうするか。広告会社と議論を重ねた。

「キャラクターの鬼は使う。年賀状を書くシーン、もらった時にくれた友を思い浮かべるシーン、これをアニメと歌で表現する。年賀状を通して心の交流を表したい」

こんな結論の中でCM制作にかかった。

筆のたよりに　浮かんだ顔は
デブのあいつに　ヤセの彼
今年もクレクレ　くーれたけふ・で・ぺ・ん

デューク・エイセス（男性四人組のコーラスグループ）の〝おさななじみ〟がヒットしていた。この歌詞にこの〝おさななじみ〟のテンポで作曲し、デューク・エイセスに歌ってもらうこととした。

鬼はデブの鬼とヤセの鬼を新たに登場させた。

私は今でも、くれ竹筆ぺんのコマーシャルの中で、第一作とこの第二作が秀逸の出来と思っている。

販売本数六〇〇万本を目標に営業活動を開始した八月、いよいよぺんてるが筆ぺんの販売に参入してきた。配られたサンプルは、我々のものとはちがい、軟らかな発泡性樹脂を筆の穂先状に成型したものであった。

「しまった」と思った。我々の技術部門が研究開発しているのも同じ発泡性樹脂の成型だったのである。

第三章　競合他社と海外進出

【競合他社と海外進出】

筆ペンで頭一杯の日々

「ぺんてる筆ペン」は「くれ竹筆ぺん」とは異なる発想で作った柔らかく太く書ける筆ペンであった。我々も同じペン先の開発を進めていたが、ぺんてると同じ商品をつくっても意味のないことであった。

しかし、せっかく進めてきた発泡性樹脂成型のペン先を没にするわけにはいかなかった。「ぺんてると差別化できる筆ぺんを開発したい」。これがその後の筆ぺん開発のテーマとなった。

昭和五十年（一九七五）の筆ぺん商戦は、ぺんてるの参入があったにもかかわらず順調に進んだ。発売二年目にして六三二万本の販売数を記録することができた。

これはぺんてるの参入によって市場の緊張感が高まり、販売活動もより活発になって相乗効果を引き出したからであった。

「筆ぺんブームになった市場は大きく拡大した。この市場をパイロットや三菱鉛筆やゼブラが放っておくわけがない。時間の問題だ」「これに勝つためには市場の筆ぺんへの要望をきっちり掴み取り、これを満たす商品を次々と市場に送り出すより手はない。相手が二品で勝負してくるなら、こちらは四品で抗戦しなければならない」と考えた。筆ぺんで頭一杯の毎日であった。

好調の筆ペンに気をとられ……

昭和五十一年(一九七六)の年が明け、「筆ぺんばかりに気を取られていたけれど、ウチの主力製品にも目を向けないとやられてしまう」と、ふと思った。大ヒット商品ゆえに社内の話題も筆ぺん中心で、他の商品がどうなっているかの目が届いていなかった。「墨や液体墨の販売は大丈夫」と売上げが順調なだけに油断していたのかもしれない。

「こりゃいかん」

筆ぺんばかりに気を取られて、本来の主力製品である墨や液体墨の店頭の様子をおろそかにしていたのである。

学童向け文房具は、キャラクターが取り込まれ、カラフルで華やかになっていた。書道用品は地味で沈んでいた。もっと学童向け書道用品はカラフルにする必要があると感じた私は、書道用液墨滴のカラー化を思い立った。

新たな試みには反対が―必要性を訴える日々―

カラー化と言っても墨の液をカラーにするのではなく、容器やパッケージのカラー化である。アイデアは、容器は今まで通り黒にしておき、キャップを六色のカラーキャップにし、ラベルをもっとカラフルにし、さらにパッケージをカラフルな装丁にするというものであった。これを提案すると、製造部から猛反対がきた。

「墨滴のイメージアップにはつながるやろうが、手間がかかり、生産量は落ちる。コストアップになる。もっと他のことを考えてくれ」というものであった。「この三年間は筆ぺんに気を取られて墨関係は何も手をつけなかった。呉竹の主力は墨や液体墨。もう一度主役に戻さなあかん」。なかなかウンと言ってくれなかった製造部が「そんなに言うんやったら、しょうがないな。やるわ」と、渋々引き受けてくれた。

六色のカラーキャップ、カラフルなラベル、今までは思いもよらなかった色とりどりのパッケージが出来上がった。

十二本入りのパッケージには、六色のカラーキャップの墨滴を各色二本ずつ入れなければならない。生産現場は大変煩雑であった。この六色カラーキャップの墨滴を「いろいろ墨滴」と名付けた。

新学期の需要期に向けて発売した。充分な市場調査もせず、思いついたアイデアだけで突っ走ったため「どんな反応が返ってくるだろうか」と心配だったが、意外と反応は良かった。特に書道塾の先生方からは「子供が喜んで買ってくれる」と好評であった。書道用品は地味、それが当たり前、と思われていたところに一石を投じた感があった。発表以来二十年余り、この「いろいろ墨滴」が液体墨の主力商品に育っていった。

固形墨に興味を持って―奥深い固形墨の魅力と歴史―

この頃、私は固形墨の歴史に興味をもつようになった。営業先の富山で活躍されている書道家の先生を訪ねた時、

「綿谷さん、あんたとこには古い墨はないか」

と尋ねられた。

「さあ、会社へ帰って調べてみますが、古いってどれ位ですか」

「まあ、明治以前のものがあれば探してみてよ。そうだ。いいものを見せようか」

先生は古い漆塗の墨箱を持ち出して来られた。

「これが古墨や。この墨は中国明代のものや。明代万暦の頃やから四〇〇年以上は経っている。明の時代は墨の黄金時代と言われるぐらい、いろんな墨屋が出て良い墨をつくり出している。一番有名なのが『程君房《ていくんぼう》』という墨屋でね、これが『程君房』の墨や。この墨はね、当時の有名人や文化人を訪ねては、自分のつくった墨の批評をしてもらって、それを『程氏墨苑』という二十六巻の本にまとめて出版したんだよ。今で言う墨のカタログかな。その本は今やあっちに一冊、こちらの図書館に三冊とバラバラになって、まとまって残されていない。中国にはないかもしれん」

私は先生の話を聞きながら、食い入るようにその墨に見入っていた。その墨は「百子図墨《ひゃくしず》」とあり、丸形で墨の両面には百人の子供の遊ぶ姿が立体的に躍動感あふれて刻され、凸のところは磨かれたようにツヤがあった。二割ほどが使われており、その磨り口は、くすんだ光沢を湛えていた。四〇〇年経っても朽ちてはいない。興味津々であった。

「先生、今でもこの墨は使えますか」

「貴重な品やから使ったことはないが、多分使えると思う。ちょっと磨ってみようか」

「先生、もったいないから結構です」

先生はまた素晴らしい彫りのある赤紫色の硯を持ってこられた。

すずり談

「この硯は、あんたも知っているように端渓《たんけい》と言ってな、中国の広東省で採れる石で、硯の中では一番良質やろう。唐の時代から掘り出されて、今までずっとつくられている。この硯は墨と同じ明代のものや。良い硯には良い彫刻が施されている。良い硯というのは、水を硯面に落として人さし指を下から上へ滑らせると、ククッとひっかかる感じがある。ザラつきもせず、滑らかやけれどひっかかり感がある。これが上等の硯やね。こんな硯で墨を磨ると墨が硯に吸いついたようになって、気持ち良く磨れる」

先生は数滴、硯面に水を落として、

「人さし指で下から上へやわらかく滑らせてみて」

私はおそるおそるやってみた。先生の言われた通り、ククッとひっかかる感触があった。見事な硯であった。掘り出したままの硯石を自然の形のまま楕円に整えられ、上部には雲の中に龍が泳ぐように細密に彫られてあり、裏面には硯の由緒が漢文で刻まれていた。先生はゆっくりと「百子図墨」を用心深く磨られた。三十秒ほどだったか。筆で硯をなめるように墨の液を含ませ、これも中国製の画仙紙に「墨」と書かれ、さらに硯に水を落として薄め、「萬暦」（万暦）と書かれた。

「黒にも色がある……（墨の勉強をせなあかん）」

書かれた文字は、滲みがみるみる拡がった。

「ええ墨色や。まだまだ使えるな。この筆の線と滲みを見てごらん。明確に分かれているね。これが古墨の味やね。新しい墨にはこんな味はなかなか出ない。線が重なったところはきちっと立体感が出てくる。この墨は上質の油煙を使ってるな。ざらつきもないし、渋茶のきれいな墨色やね。松煙墨は青味が出るが、油煙墨は粒子が細かいから茶系になる」

百子図墨との出合いで私の墨についての思いは急激に膨れ上がった。

「『程君房』の他に『方干魯《ほうせんろ》』、『呉申伯《ごしんはく》』といった明代の大きな墨屋は、どうも後世に残すことを意識した墨をつくったのかもしれない。現在残されている墨は、工芸品と言えるものばかりの素晴らしい造形で、日本ではこれにならって古梅園が江戸時代につくっているね。名古屋の徳川美術館へ行くと、明の墨が見られるよ。徳川美術館の蔵墨は多分日本一だろうね」

先生の蔵墨を一つひとつと見せていただき、感激して帰宅した。

〈墨の勉強をせなあかん。ウチは墨屋ということを忘れたらあかん。四〇〇年以上も経った百子図墨は凄かったなあ。今でも使えるなんてどんなつくり方をしたのやろうか。研究せなあかん。『程氏墨苑』てどんな本なんやろうか。しかし、後世に残す墨づくりとは素晴らしいやないか。徳川美術館にも行ってみたい〉

企画の仕事は大変だった。筆ぺん、ペン、墨、液体墨、それぞれの商品群で常に売上げを落とすことのないように商品開発、販売促進を考えなければならない。失敗は許されない。うまくいかないと、製造にも営業にも大きな影響を与えるからである。一番辛いのは、「金ばっかり使ってこんなことしかできんのか」と言われることであった。

「一発勝負を狙うのはいい加減な企画ではできない。あしたもあさっても、来月も来年もあるんやから、あせらず、あわてず、あきらめずでいこう」

企画という仕事

筆ぺんの開発がきっかけで企画という仕事に携わるようになって、最初のうちは無我夢中であったが、会社の前途を左右するこの仕事に大きなプレッシャーを覚えるようになった。

企画の仕事の幅も次第に拡がってきた。社内からは、次はどんなことが出てくるのか期待する声も大きくなっていた。

企画を考え、営業に出、労務関係の仕事もしなければならない私にとって、一人では到底時間が足りない。私の考えを具現化してくれる人がほしいと思うようになっていた。

会社の創業の基盤である墨のことをもっと勉強したかった。

忙しい合い間を縫って徳川美術館へ足を運んだ。そこには代表的な墨が五〜六点あり、同時に硯や筆をはじめ諸々の書道用具が展示されていた。

「これが、明墨や」

私は食い入るように見たが、鈍くて艶があり、存在感あふれる墨にただただ圧倒されていた。

「ウチもこんな墨づくりをせなあかん。後世に残す墨や」

売店で「文房具」集録の本を買ったあと、思い切って店の女性に声を掛けた。

「明代の墨のことについて勉強したいと思って来たんですが、墨についてお聞きできる方はおられるのですか。私はこういう者です」と名刺を渡した。

「少しお待ち下さい」

その女性は早速、電話で連絡を取ってくれた。

「ちょうど担当の者がおりましたので、こちらへ来てくれます。ここでお待ち下さい」

数分後、その人がやってきた。まだ若い人のようだった。売店の女性から私の名刺を受け取った担当者は、

「ああ、奈良の呉竹さんですね。いつも筆ぺんを使っています。ところで用向きは何ですか」

「私共の会社はもともと墨屋です。富山の書道家の方から徳川美術館は素晴らしい明墨のコレクションを持っておられると教わり、まいりました。墨の勉強をもっとしたいと思っています。直接手にとって見せていただくわけにはいきませんでしょうか。会社の研究室の者にも見せてやって墨の研究をしたいのです」

「呉竹さんは墨屋さんだったんですね。墨の好きな方が見せてくれとおいでになりますが、墨屋さんが来られたのははじめてです。私共の明墨が研究のお役に立つならいいですよ。申込書を持ってきますから、ちょっと待っていて下さい。十丁くらいならお見せできますよ」

思いもよらないことだった。

五月の連休明けに見せていただくことになった。連休が明けて、私と製造部長、研究室から二人の合計四人で徳川美術館へ赴いた。

「どうぞこちらへお入りください。マスクと手袋をつけて下さい。直接見ていただきますが、顔より三〇㎝以上は離して見て下さい」。皆、緊張の面持ちであった。

次々と墨が出されてきた。大きな墨ばかりであった。丸型、方形、楕円、長方型、円柱型―それぞれにドッシリと重味があった。紋様の彫刻は凹凸が明確で見事な出来映えである。表面には漆が塗られているものもあった。富山で見せていただいた百子図墨も迫力があったが、今回の墨の数々は墨中の墨、一つひとつに作者の意図が凝縮し、表現されていた。墨の集録原簿も見せていただいた。四一二号で終わっていた。

「今日はほんとうにありがとうございました。あつかましい話なんですが、この集録された台帳のコピーをいただくわけにはいきませんでしょうか。それと、集録本の文房具に載せられている写真を焼き増ししていただけないものでしょうか」。私はおそるおそる尋ねた。

「墨の研究にお役に立つならいいですよ。コピーと写真の費用は出して下さい。あとから送ります」

「ありがとうございます。よろしくお願いします。今日はわざわざお見せいただいて、料金はいくらですか」

「いや、ご心配はいりません。これも我々の仕事の一部ですから」

好意あふれる対応に、私たちは恐縮し徳川美術館を離れた。

後世に評価される墨づくりを誓う―「千寿墨」の誕生―

帰りの列車の中で私は製造部長を口説いた。

「うちも書道家に今使ってもらう墨ばかりつくっていては墨屋としての値打ちがない。四〇〇年も五〇〇年も経って明の『程君房』はこんな立派な墨をつくっていたと、大事に大事にされているように、呉竹も五〇〇年先で、奈良に呉竹という墨屋があってこんな墨をつくっていた、と言われるような、後世に残す墨をつくりましょう。『千寿墨』という名前で、毎年四〜五点ずつ、何年かかるかわからんけど、ウチが墨屋を続ける限りつくって行けたら良いと思います。数量は限定で一品二〇〇〜三〇〇丁。価格は四〜五万で売ったらどうですやろか。墨好きの先生は大勢います。必ず買うてくれます」

「それはええ考えやな。帰って相談しよう」

次の日、社長のもとへ行った。そして製造部長に話したことを提案した。

「おもしろいやないか。よし、やってみよう。墨の形や図柄はワシの方でやる。君はどんな装丁にするか、どう販売するかを考えてくれ」

こうして昭和四十九年(一九七四)の春、呉竹の墨づくりの集大成とも言うべき、後世に残す墨、「千寿墨」づくりが始められた。一年に五種類ほどとして、それが今なお続けられ、四十五年間で二〇〇品を超えるまでになった。この「千寿墨」は、名の通り、千品目を毎年途切れることなくつくり続けることを目的とし、銘品で五〇〇年の寿命を持つことがその条件である。このため、原料、製法を十分に吟味し、職長が持てる技術と経験をすべて生かしてつくり続けているものである。

昭和四十九年(一九七四)春、第一弾を発表、発売を開始した。書道家の反応は速かった。二ヶ月で受注が完了した。「千寿墨」は呉竹の墨づくりを磐石にするものであった。

他社の追随を受け次のステップへ―ヒントは意外なところに―

筆ぺんの動向が気になっていた。ぺんてるが発泡樹脂を成型して軟らかく太く書ける筆ペンを発売して、「くれ竹筆ぺん」とは異なる書き味で市場を獲得した。他の大手の筆記具メーカーも指をくわえて見ているはずがない。

これらの動きに対して、先発メーカーとして次なる新製品をどうしても開発しなければならないと考えていた。

「ウチも軟らかい書き味のペン先を開発している。まずこれを生かして、ぺんてるとは差別化した商品をつくりたい」と思った。

ある日のこと、自宅の食卓の上に編物で使うカギ針が置いてあった。左右両端にカギ針がついてあり、片方が大きく他方がやや小さなものであった。これ見てふと、気付いたことがあった。

「ぺんてるの軟らかいペン先は太く書けるが、筆を持ち慣れていない人にはなかなか細い字は書けないな。そうか！ このカギ針のように太い字が書けるペン先と、もう一方に細く書けるペン先を一本の筆ぺんにつければ、太細両用のものができる。住所や主文は太字で書いてもらい、添え書きは細字で書いてもらえる。これは便利や」。

意外なところにヒントがあった。

早速専務に提案した。

「太細両用の筆ぺんか。太字用と細字用と二本売れるところを一本にしてしまうのか。そんなペンは今まで見たことがない。良い着眼点や。しかしつくるのは難しいぞ。新しい生産ラインも用意する必要があるな。問題は値段や。二本分の値段はとれんしな。まあ考えとこか」

　あまり良い返事ではなかった。

「せっかくぺんてると同じ軟らかいペン先が出来ても、同じ商品をつくったら、ぺんてるに負けるに決まっています。やっぱり付加価値をつけないとだめやと思います」「それはようわかるが、技術的なことがあるから製造部長とよう相談するわ。開発はそれからや」

　この発想は筆ぺんだけではなく、サインペンにも使えると思った。

〈くれ竹筆ぺん　ツイン〉〈くれ竹筆ぺん　太細〉〈くれ竹筆ぺん　二役〉〈くれ竹筆ぺん　二本立〉どんなネーミングがよいかを何回も何回も書き出した。

「正之君、来てくれ」

　専務に呼ばれた。製造部長と相談中であった。

「発泡材のペン先できたで。これや。書いてみ」

　すでに筆ぺんに仕立ててあった。

　書くと、なるほど軟らかい。筆のようにトメ、ハネ、ハライも充分に書ける。しかし腰が弱く柔らかすぎた。

「柔らかすぎるのとちがいますか。先がフラフラしすぎる。ぺんてるのものはもっと腰がしっかりしていたと思います」

「そこがむずかしいんや。何回もやったが、なかなかでけん。発泡樹脂をもっと密にして成型すると今度はサクッとなって折れてしまう」

「専務から聞いた太細両用の筆ぺん、いけると思うで。しかし、つくるのは結構むずかしい。問題は、この柔らかいペン先はインキをかなり含むので、細い方のペン先にインキがまわらない可能性がある。細い方がかすれて書けんとクレームになるかもしれん。もっと研究するわ」

試行錯誤をくり返して、ようやくぺんてるの軟筆に匹敵するペン先が出来上った。指摘されていた通りインキは太い方のペン先に引っぱられて細い方にまわりにくく、カスれた。この問題も、インキタンクとなる中綿を二つに分けることによって解決できた。

専務は「二本売れるところが一本しか売れん。生産ラインを新しくつくりかえなければ軸の両方にペン先のついた筆ぺんは自動化できない」と難色を示したが、最後には「やろう」ということになった。

価格は、二つの機能を一つにまとめるのだから、本来は四〇〇円。しかし四〇〇円では高いので、三〇〇円とした。ネーミングはあれやこれやと議論の末「くれ竹ぺん　二本立」と決まった。太・細二本の筆ぺんの機能を一本にまとめるという意を「二本立」に表した。

一本の軸に、二つの中綿と二つのペン先をセットしなければならない。この自動生産ラインの新設は難渋した。特にインキタンクである中綿が軸にセットされているかどうかをチェックする方法が大変だった。

この「二本立」の発売は「これは便利や」とユーザーに受け入れられ、筆ペンの中でもベストセラー商品に成長していった。「二本立」は筆ペン中の筆ペン、正に独断場であった。

発案から商品化まで、様々な壁を乗り越えて得た成果であった。

そして、この一本で二つの機能をもつツインペンづくりは、筆ぺんのみならず、サインペン、マーカーの開発に応用され、呉竹の筆記具づくりの主流に育って行くのである。

新たな苦難に向かって—海外戦略—

昭和四十六年(一九七一)八月、ドルショックがもとでサインペンの輸出を中止する決断が出され、国内市場に目を向けることで、ジェットペン、筆ぺんの成功に至った。

しかしながら、サインペンやマーカー分野では大手筆記具メーカーが次々と新製品を出し、筆ぺん分野では圧倒的な強さを誇っていながら、他の分野は「呉竹さんとこは、筆ぺんで充分やないか。墨や書道用品と筆ぺんはあんたとこ。他のものは他のメーカーで買う」と、なかなか相手にしてもらえなかった。

私は筆ぺんの開発のあと、「次は海外や」と秘かに思っていた。

①海外へ再び進出するには、まず海外でよく売れそうな筆記具を開発すること
②取引は商社を通す間接ではなく、海外業者と直接行えるようにすること
③日本の海外取引はドル建てが多いが、国内と同じように円建てで行なうこと
④ＯＥＭ商品の受注はできるだけ避け、クレタケブランドで取引すること

この四点を戦略として考えていた。

昭和五十四年（一九七九）一月、東京の見本市のために出掛ける新幹線の中で専務に話しかけた。

「もうぼちぼち海外へ目を向ける時が来たと思います。海外へ進出するためには、もっと商品の層を厚くしなければならないと思いますが……」と私の考えを話した。

「もう貿易をやめてから八年か。今から思えばいろいろあったな。筆ぺんがうまくいってよかった

が、もしあの時失敗していたら、会社はもうなかったな。国内営業はペンをよう売らん。筆ぺんは年賀状時期に集中して季節の変動が激しい。やっぱり年間コンスタントに生産できる体制をつくらなあかん。あんまり国内営業には期待できんなあ。そうか、海外か。しかしあのドルショックの時はきつかったなあ」

「まず新しい極細のプラスチックペンを開発しませんか。〇・五㎜の線幅のものです。今のシャープペンシルは〇・五㎜が当たり前になりました。サインペンも手軽に筆記できる〇・五㎜が筆記具の主流になると思います。ボールペンは油性インキですが、きっと水性インキのボールペンが出てきます。〇・五㎜のプラスチックペンは、もっと細く書けるものがほしいと、〇・三㎜が要望されるかもしれません。海外へもう一度挑戦するなら、〇・五㎜の極細プラスチックペンを開発して、これを武器にして行けばよいと思います」

「うちにプラペンがあるやないか。あれではあかんのか」

「あのプラペンは、使いたての時は先が細いですね。しかし使ってゆくうちにだんだんと太くなっていきます。砲弾型のペン先を針型のペン先にしていけば、太くなることは防げると思います」

「海外の話はこれからとして、極細ペンは開発する値打ちがあるな。それからやってみたらどうや」

私一人が企画を担当する立場で、技術・製造・営業を動かすことに限界を感じていた。

社外の壁と社内の壁

「一人で何もかもやれることには限度がある。これをどう突破したらええのやろ」

会社が大きくなり、社員が増えてくると、どうしても組織の壁が立ちはだかってくる。

「あいつは今までいろいろなことをやってきて成功してきよった。それはそれとして、何であいつの言うことばかり聞いて仕事せなあかんねん」

こんな評判も耳に入ってきた。

ただ会社をよくしたいと思い、跡取り息子と後ろ指をさされないために、「人の倍働く」と決心し、頑張ってきたことを、こんな風に批判されようとは思ってもいなかった。

昭和四十二年（一九六七）入社当時の売上げは三億六十四万円。十二年経った昭和五十四年（一九七九）は三十一億円を超えようとしていた。入社当時まだ家業の域を出なかった呉竹が、次第に企業としてのあり方にまで意識を変えなければならない転換期が来ていたのだった。

そして「一番大切なのは、社員それぞれの役割を生かして仕事をすることや」との思いに至った。自分一人が頑張ればやっていけると、知らぬ間に思い上がっていたことが恥ずかしかった。

新しい極細ペンを開発するにあたって、私と研究室のメンバー三人、製造部から資材係、営業から一人、合計六名でチームをつくることにした。それぞれに役割分担をし、私がペンの開発の要件、機能、デザインを考え、全体進行のまとめ役となって進めた。

進行は意外と速かった。会議を持ってその経過をチェックし、次にやるべきことを明確にしていく。このくり返しの中で、開発の目途が立ったのが四ヶ月後であった。

研究室一名と資材係が金型製作を担当した。二ヶ月を要して金型が仕上がり、成型のテスト打ちを行なった。キャップ、軸、尾栓《びせん》の嵌合《かんごう》がうまくいくかどうか、最大の関心事であった。キャップが硬過ぎて軸にはまらなかった。早速修正である。軸本体にキャップをはめるとパチンと音が出るようにしたかった。金型職人の腕一つにかかっていた。

二回目のテスト打ち。今度はパチンと音が鳴った。キャップと軸本体との気密性も合格であった。〇・五㎜極細の線幅をもつ針状のペン先は、研究員が浜松にあるペン先専門メーカーの協力を得て、試作品が出来上がり、すでにインキの流量テストも終わっていた。

もう一人の研究員は耐水性インキの研究を進め、ほぼ完成のところまできていた。

試作品が出来上がり、営業が市場反応を御得意先で調査したところ、好感を得て帰ってきた。

これらのチーム作業を通して、八月に東京で開催される文具生産者見本市で発表することにした。

ネーミングには頭を痛めた。行き詰まったあげく、ようやく「ＫＵＲＥＴＡＫＥ　ＺＩＧ」クレタケジグと決めた。

「ジグザグジグザグ滑らかに書ける」の思いを込めて「ＺＩＧ」としたのである。

この「ＺＩＧ」は当初商品名として使ったが、三年後、呉竹の海外向けブランドとして使用することに発展していった。「ＫＵＲＥＴＡＫＥ」ブランドでは「クレタケ」

つや消しのスリムなボディで
今登場!
●群をぬく筆記距離1300m
●耐水性インキ 黒
●定規にそって書いても汚れず、にじみません。
0.3
水性・極細0.3m/m
クレタケ
¥100

「クレタケジグ」販促チラシ

出典:株式会社呉竹創業百周年史「家業から公器へ」

と発音されることが少なく、「クレテイク」と発音されることが多かった。このため、国内とは異なり、ブランド名と社名を分けて使うこととした。

東京での文具見本市の発売結果は悪くはなかった。見本市発表後一ヶ月で三十万本と受注を予測し、三十八万本の注文を得た。他の大手筆記具メーカーの間にあっての善戦であった。

ドイツから世界へ進出

この東京見本市にステッドラージャパンの社長が来訪した。新製品のジグが目当てであった。

専務が応対した。

「呉竹さん、この新製品を是非ドイツ本社に紹介したい。採用されると世界各国のステッドラー社で販売することになる。もちろんステッドラー社の商品名をつけることになるが、よろしいか」

というものであった。

〈嬉しい話ではないか、これがうまく行けば海外進出の足掛かりになるんやないか〉と私は思ったが、専務は「わかりました」とは言っていなかった。あのドルショックで痛い目に合ったのは、OEM受注だったからである。ステッドラー社は、ドイツに本社を持ち、世界三十ヶ国に現地法人をもつ世界的筆記具メーカーで、特に製図、デザイン用品に強い会社であったが、コンピューターの発達で、製図がコンピューターに移行しており、製図用品の落ち込みを他の筆記具分野で補おうとしていたのであった。

数回の商談の後、結局ＯＥＭでの供給が決まり、商品名は「ステッドラー・マルス・ファインポイント」であった。商品供給に伴う品質チェック項目が提示された。

昭和五十五年（一九八〇）二月、ドイツ・フランクフルトで開催されるフランクフルトメッセで発表すると連絡が入った。そして第一回の注文が六十五万本であった。同時にフランクフルトメッセの見学と、本社へ来ないかとのお誘いもあった。フランクフルトメッセという見本市のことをはじめて耳にした。東京にドイツ商工会議所の日本支社があり、そこへ問い合わせた。

フランクフルト国際見本市の展示、右は大崎善造

出典：株式会社呉竹創業百周年史「家業から公器へ」

二月と八月の年二回、フランクフルトで開催される世界規模の文具事務用品の見本市で、毎年二十万人を越えるバイヤーが世界中から集まるという。日本では考えられない大規模の見本市であった。

「えらいこっちゃ。ドイツまで行かなあかんようになった」

専務にとっては初めてのヨーロッパである。心の中では、かなり不安であったらしく、結局行くことにはならなかった。十月に入った頃、文具事務器業界紙から「世界の文具見本市視察ツアー」の案内が届いた。

アメリカ・ニューヨークギフトショー
イギリス・ロンドンステイショナリーショー
フランス・パリシッパステイショナリーショー
ドイツ・フランクフルトメッセ

世界的に有名な文具見本市を見学するツアーである。

専務から呼ばれ、

「正之君、君がこれに行ってきたらどうや。これを見たら、世界の文具事情もよくわかる。それと次の新製品も捜してきてもらいたい。ドイツへ行ったら、フランクフルトメッセでウチの商品がどんな状態か、それと一緒にステッドラーの本社へ挨拶に行ってきてほしい」

「専務が行かはったらどうですか。私には荷が重すぎます」

「いや、君が行ってきてくれ」

私にとってもはじめてのヨーロッパである。それにしてもステッドラー本社への訪問を、行程の最後に組み入れなければならず、本当に荷が重く、気掛かりなことばかりであった。

昭和五十五年（一九八〇）二月中旬、二週間の旅に出発した。

アメリカ・ニューヨークギフトショーはホテルに併設

フランクフルトメッセ

出典：株式会社呉竹創業百周年史「家業から公器へ」

された大会議場で文具以外の日用品も数多く出品されて、さして見るべきものがなかった。

イギリス・ロンドンステイショナリーショーは、イギリスを中心とするメーカーの出品で会場が広い割には出品者が少ないように思われた。

パリ・シッパステイショナリーショーはヨーロッパ諸国の文具・事務器・紙製品メーカーが出品しており見応えがあった。特に紙製品には配色の組み合わせが素晴らしく、文具分野もカラフルなものが多く、カタログ集めに奔走した。

そしてフランクフルトメッセに到着した。驚きの連続であった。まず会場の広さである。一号館から十号館まであり、その一つひとつがとてつもなく広いのである。そして文具事務器の見本市だけと思っていたら、他にギフト商品、クリスマス商品、化粧品、皮革製品と各館ギッシリと出品者で埋まっているのである。文具は八号館であった。入場門から続く歩道で十分間。八号館へ入ると、大小様々なメーカーが世界中から出品して、その展示ブースは飾り付けから商談コーナーまで工夫が凝らされ、日本の見本市とは全く異なる雰囲気である。大手のメーカーは二階建てのブースを用意しているところもあった。すれちがう人たちもいろいろ、正に世界規模であった。

ステッドラー社のブースへ行った。商談用の机がずらりと並べられ、営業社員が客を待ち受けている。展示台には、呉竹が供給した商品が新製品として陳列されていた。私はおそるおそる入っていった。受付の女性にステッドラージャパンの社長に取り次いでほしい旨を、たどたどしい英語でお願いした。社長はドイツ人を一人連れて出てこられた。

「挨拶にまいりました。今回は私共の商品を取り上げていただきありがとうございました」と、そのドイツ人に名刺を渡し、自己紹介した。

「ややあ、ようこそようこそ。私は企画マーケティングを担当している役員のウィンクラーです。あなたがたがつくったあのペンはデザインも書き味もすばらしい。たくさん売って見せますよ。明日本社へ来てくれるのですね。新しい計画を持っています。楽しみにして下さい。それでは明日また会いましょう」

〈この人が今回の商談をまとめてくれたのや。しかし厳しそうな人やな。明日を楽しみにせよとはどんなことなんやろ〉

この日は一日でクタクタになるほど会場を回った。

〈海外へ進出するなら、この見本市で出展するのが一番よい。世界中からバイヤーが集まってくる。こんなすごい見本市はどこにもない〉〈来年には必ず出品するぞ〉と決心して会場を離れた。

翌日は、ツアー参加者がフランクフルト近郊を観光するのを尻目に、朝一番の飛行機でステッドラー社のあるニュールンベルグへ向かった。

朝十時、本社の前に立った。ステッドラージャパンの社長が待っていてくれた。三十人規模の大きな会議室に通された。しばらくすると、ウインクラー氏を先頭に四名の人が入ってきて、担当者を紹介された。

貿易部長のエガリヒス氏、購買担当で呉竹との窓口になるイフナー氏、商品企画担当のバウアー氏、技術担当のメマート氏であった。ステッドラージャパンの社長が通訳をすることになった。

「今回取り上げた貴社のファインライナーがクレタケジグという名で発売されているが、ジグという名は単純明快で大変良いネーミングだ。それとこのピン（針）のようなペン先は素晴らしい。このペン先は新しい筆記具の主流になると思う。貴社で開発したものですか」

「このペン先は、私共の発案で、日本のチップメーカーと共同開発をしました」

「〇・一㎜から〇・五㎜までのペン先が出来れば、もっといろいろな展開ができる。それは可能ですか」

「今のところはわかりません。チップメーカーと相談します」

「ところでこのペンのインキの流れですが、よく流れるものと流れにくいものとバラツキがある。このバラツキをなくす方法はありませんか」

「ペン先を固定するノズルのカシメの強弱によるものと思います。改善できるようにします」

「インキをもっと耐水性の強いものにできませんか。これでは水に弱い」

「改良するように努力します」

「今指摘したインキの流れのバラツキと耐水性は、どうしても改良の必要性があるので、必ず回答して、出来上がればサンプルを送って下さい。データもつけて」

「さて、今日はもうひとつ新しい商品開発のことについて話し合いたい」

黒以外の色？ カラー筆ペンへ

ウインクラー氏は、「くれ竹筆ぺん 二本立」を取り出した。私は日本からいろんな商品情報が流れていることに感心した。

「貴社ではインキは何色つくれますか」

突然の質問にどう答えていいのかわからなかった。

「えっ？ それはどういうことですか？」

「このペンには非常に興味をもっています。日本ではこのペンは文字を書くためのものですね。だから黒一色でよい。私は新しいデザインやイラストの道具として考えているのです」

今まで思ってもいなかった発想である。

〈そういう使い方もあるんや〉とピン！ ときた。新しい筆ぺんの使い方、用途であった。

「三十六色なら今は可能ですが、一〇〇色は充分いけると思います」と思い切って、フロシキを広げてしまった。

皆から「ほおー」と感嘆の声が上がった。

内心で、〈これが新しい開発の計画なんや。すごいことになるかもしれん〉と思った。

「急ぎはしませんが、貴社で開発できる範囲でかまわないから、できるだけ多くの色をつくって、この二本立に仕立ててサンプルを送って下さい。楽しみにしています」

「わかりました。やってみます」

ここで商談は終わった。

「何時のフライトですか」

「二時です」

「まだ時間がありますから、昼食をごちそうします」

食堂へ案内された。

「これがニュールンベルグの地元の料理です」

豚の塩づけのブロックを煮たものにポテトとキャベツの酢漬が添えてあり、味が濃く感じた。

空港まで送っていただき、あわただしくお礼を述べてフランクフルトへ戻った。飛行機の中で、今日の商談の内容を振り返った。

ドイツ人が話す英語は比較的わかりやすく、自分の語学力に少しだけ自信がついた。供給するマルスファインポイントの宿題二点、インキの流れのバラツキの標準化と耐水性の強化。筆ぺん二本立で一〇〇色をつくる。この三点の課題は何とか解決できるのではないかと思った。

外国人とはじめての商談が終わり、心の負担が軽くなりホッとすると同時に、長旅の疲れが出たのか、フランクフルト空港に着陸するまで眠り込んでしまっていた。次の日、帰りのフライトは午後三時過ぎに出る南回り便である。二十時間を超える長い長いフライトで、フランクフルトからベイルート、バーレーン、デリー、ダッカ、香港を経由しての便であった。

帰国の飛行機の中で、報告書をまとめた。
①アメリカ、イギリス、フランスの文具事情
②フランクフルトメッセの状況
③世界へ進出するならフランクフルトメッセに出品し、ここを拠点にすること
④ステッドラー社との商談結果
の内容である。

帰社後、この報告書を再度まとめ、役員会と研究室に対して報告会を行なった。持ち帰った多量のカタログも示した。

ステッドラー社から言われた課題自体はそんなに難しいものではないと考えていたが、実際には難題であった。

「インキの流れをよくして平準化せよとの話やが、ペン先を止めるカシメをゆるくすればできるが、ペン先の直径にも目には見えない誤差がある。ちょっとでも細かったら、書いている内に筆圧でへこんでしまう可能性があるんや。反対に太かったらカシメがきつうなってインキの流れがシブくなってしまう。先方の技術の人間がわかってて難題をふっかけてきたのとちがうか。簡単にウンと

言うてきてもらっては困る。インキの耐水性はまあなんとかできるやろ。しかしもういっぺんインキの組成からやり直しや。筆ぺんのことやが、何で一〇〇色もできるとフロシキを広げてきたんや。完成しようと思うと数ヶ月かかるぞ」

製造部長をはじめ研究陣の反応は厳しかった。しかし、商談の当事者の私も、そうですかと引き下がってはいられなかった。海外進出の突破口になると考えているのに何ということや。何のためにわざわざドイツまで出掛けたんや。大激論になった。返事をステッドラージャパンの社長にしなければならない。商談の際、あれだけ熱心に話されたウインクラー氏の期待に応えなければならない。

「できるでけへんの議論を重ねても時間の無駄や。研究室はステッドラーが要望していることを研究しないとあかん。三ヶ月で結論出してほしい。それ以上待たすわけにはいかん」

専務の一声でようやく前向きに課題の解決に向けてスタートすることになった。

「専務、本格的に貿易を再開して海外進出をねらうなら、絶対フランクフルトメッセに出品することです。他の見本市ではあきません。世界中からお客さんが買いに来る見本市やから、ここしかありません。出品するなら、貿易の経験と英語が喋れる者を採用しないと通訳つきではうまくいかないと思います。私は出品のことをドイツ商工会議所を通してやりますから、是非英語の話せる者を雇って下さい」

私は早速、東京のドイツ商工会議所を訪問し、担当者に尋ねた。

「フランクフルトメッセに出品したいのですが、どうすればよいのですか」

「文具ですね。出品したい会社が多いので皆さんに待ってもらっています。どんな状況か調べますのでちょっと待って下さい」

「いやあ。今十五社も待ってもらっていますねえ。日本のメーカーの出品が三社しかないので、優先して出品できるようにしていますが、最低でも四〜五年はかかるかもしれません」

ガックリとくる返事であった。

「申し込みをされていても、会社の都合でやめるところも出てきます。もしそういうところが出てきたら繰り上げできるかもしれませんので、とりあえず申込書類に記入して返送して下さい」

「ところでどれくらいの費用が掛かりますか?」

「出品料は希望されるブースの面積で計算されます。一㎡が三万七〇〇〇円です。それにスタンドの建設費がかかりますね。日本の業者もやっていますよ。日本からの渡航費・滞在費もバカになりません。特にホテルは見本市の期間は通常料金の倍に跳ね上ります。まあざっと考えても五〇〇万円以上にはなるでしょうね」

出品を五〇㎡のブースでするとなると、出品料、スタンド建設、渡航費、ホテル、その他諸々の直接費で六五〇～七〇〇万円となった。

「専務、フランクフルトメッセは人気があって、十五社も待っています。ぺんてるとパイロットとサンスター文具が出品しているようです。長ければ四～五年は待たないといけないらしいです。出品料も一㎡三万七十四円です。申し込みましょうか」

「そうか。人の採用のこともあるから待とうやないか。商品も揃える必要がある」

とりあえず申し込むこととした。

役員会でも議論され、ステッドラー社だけでなく、本格的に貿易を再開することが決定された。

フランクフルトメッセの出品申し込みをして三ヶ月が過ぎた頃、ドイツ商工会議所から電話が入った。

「呉竹さん、フランクフルトメッセの空きが出ました。関西のメーカーさんですが、辞退されました。そこへ呉竹さんに入ってもらいます。うまく行けば再来年には出品できますよ」

「専務、フランクフルトメッセに再来年出品できることになりました。今連絡がきました」

「そうか。よかった。それやったらまず人やな」

職業安定所を通して募集をした。そして応募があった。貿易業務にも英語にも堪能な天理大学出身の大崎善造であった。

海外市場拡大のために

海外への市場拡大は、専務と私と大崎と三人でやることになることを前提に、新たな人材の採用には慎重を期した。呉竹の筆記具の開発の歴史やドルショックやオイルショックで受けた困難を説明し、今また海外へ市場開拓しようとしていることを話した。本人のやる気、熱意が汲みとれ、大崎の採用を決定した。

現在、大崎は貿易での市場拡大の実績によって副社長として呉竹を支えるひとりとなっている(令和三年現在)。

フランクフルトメッセに出品するためには、もう一つ新製品を開発する必要があった。前々からアイデアとして持っていたのは、「くれ竹筆ぺん二本立」の開発で得た太細両用のツインペンであった。

これなら開発するのにそんなに時間はかからない。フランクフルトメッセには間に合う。狙いを定め、ステッドラー社から要望のあった一〇〇色のカラーインキの開発に絡め、少なくとも四十八色のカラーサインペンをつくることとした。

デザインは、軸にキャップをかぶせる形ではなく、一本の棒状のものにして、他にないシンプルなものに仕上げたかった。ネーミングは「クレタケ　カラースティックツイン」とした。

この間、ステッドラー社とは彼らが指摘した品質改良、一〇〇色インキ開発で厳しいやりとりが続いていた。

ついにはドイツまで来てくれ、ということになり、専務、製造部長、大崎がステッドラー本社に行くことになった。

会って話し合えばわかり合えるということか、マルスファインポイントについては、当方が改良を重ねた結果のデータに基づいて明快な品質基準を定めてくれていた。

「これなら、できます」

「OK、この基準にしたがって生産をしてほしい」

もう一点、一〇〇色の筆ぺんについては、ペンのデザインが準備され、一〇〇色のカラーチャートまで用意されていた。商品名は「マルス　グラフィック　３０００」であった。

「一日も早く商品化がしたい」

ステッドラー社は主力の製図用具が危機的状況にあって、イラストデザイン分野に活路を見い出そうとしていた。その突破口を一〇〇色の「マルスグラフィック３０００」に定めていた。金型製作と一〇〇色の色合わせが同時進行し、四ヶ月後にようやくこの商品の形が整った。

一色一万本の注文を受けても一〇〇色あれば、一〇〇万本になる。大きな注文量になることは予測できた。生産ラインの新設もしなければならなかった。ステッドラー社の意気込みを思うと、はんぱな数量にはならないと、思い切って生産ラインの投資を行うことになった。

昭和五十五年（一九八〇）の夏、ドイツ商工会議所からフランクフルトメッセの出品が翌五十六年からと決まった旨の連絡が入った。次いでフランクフルト見本市の会社から出品要項、出品場所、ブースの面積等の書類が送られてきた。希望は五〇㎡であったが、三〇㎡に削られていた。

私と大崎の二人三脚で準備を進めた。次第に欲が出てきて、筆記具以外に墨や液体墨や書道用品も陳列しようということになった。しかしこれは失敗であった。

はじめて海外展示会へ

昭和五十六年（一九八一）二月十五日、呉竹にとっては初めてのフランクフルトメッセへの出品である。

私、専務、大崎の三名とドイツ語、英語のわかる通訳兼接待係として日本女性二人を現地でアルバイトとして雇い入れた。陳列の商品を眺め、「KURETAKE　JAPAN」の表示を見て、お客様がスタンドへ入ってくる。

「オランダから来た。クレテイクはじめて聞く名であるが、日本のどこにあるのか」

「クレテイクではなくクレタケです。大阪の近くの奈良です。今回初めて出品しました。私共はもともと日本のカリグラフィ（書道）に必要な商品を製造している会社です。このインクスティック（墨）をつくっておよそ八十年になります。筆記具市場に挑戦してから十八年、ユニークな商品づくりを目指しています。これはブラッシュペン（筆ペン）です。日本では我々が開発し、今では珍しくありませんが、世界のどの国にもありません」

「オランダには代理店はないのか」

「ありません」

「代理店契約はできるのか」

「いいえ、すぐにはできません。二年間、独占的に商品を販売していただきますが、その売上げ実績に基づいて決めてまいります」

「あなた方の商品に販売の可能性を感じた。ゆっくりと研究したいので、これとこれとこれのサンプルを送ってほしい。社員とよく相談してみたい」

初めての出展ですぐに注文に結びつくとは思わなかったが、次から次へと同じようなオファーがあった。

イギリス、アイルランド、フランス、ベルギー、オランダ、イタリア、スペイン、ノルウェー、デンマーク、スウェーデン、フィンランド、エジプト、クェート、サウジアラビア、アラブ首長国連邦、トルコ、レバノン、イスラエル、アメリカ、カナダ、インド、タイ、香港。数々の国からひっきりなしに来場され、応対だけでもてんてこまいであった。必死であった。五日間の見本市はあっという間に過ぎた。疲れ果てていた。

しかし、手応えは充分であった。商談メモは二〇〇枚を越えていた。

注文も結構あった。

会期中、ドイツ赤十字社の人がきて、恵まれない子供たちへの寄贈の依頼もあった。

会期が終わり、撤収は赤十字社へ贈るもの、日本へ送り返すものを分け、荷造りが完了したのは深夜であった。

翌日はゆっくり休み、午後の便でニュールンベルクへ向かった。ステッドラー本社を訪問し、商談するためである。

翌朝、ステッドラー本社を訪れた。ウィンクラー氏、バウアー氏、ホフマン氏が待っていてくれた。

「ミスター綿谷、初めてのフランクフルトメッセはどうでしたか」

「はじめての体験で大変でした。世界中からお客が来られました。さすが世界一の見本市と感心しました」

「ひとつアドバイスをしましょう。すべての来場者がお客とは限りません。サンプル集めのヒヤカシもかなりいます

ステッドラー社の面々と

よ。それをよく見極めないと余分な経費がかかります。今回は無理かもしれませんが、次第にわかってくるようになります」

「ところで、今回発表した『マルスグラフィック３０００』ですが、素晴らしい反応がありました。どれだけ受注できたかはわかりませんが、この先が楽しみです。世界各地にあるステッドラー現地法人別にまとめて注文しますので、それぞれの納期を連絡して下さい」

昼食に招かれ、特別室でのフルコースのランチであった。フランケンワインという地ワインもいただいた。辛口ながらのど越しのよい格別のワインであった。

バウアー氏が車でニュルンベルクを案内してくれた。ホテルの前でバウアー氏は、

「次の計画があります。カリグラフィ用のツインペンです。構想が上がり次第連絡します。どうか気をつけてお帰り下さい。さようなら」

二年前に訪れた時とは本気度が違うと感じた。彼らは一本のペンには一つのペン先というペンの常識をくつがえした太細両用のツインペンに大きな魅力を感じていたにちがいない。こうして初めてのフランクフルトメッセは終わった。

奈良へ戻って、商談メモを振り返りながら、サンプル、見積書を送り続けた。どれ位の注文につな

がってゆくのか、皆目わからなかった。

一ヶ月が経った時、ステッドラー社から厚い封書が届いた。「マルスファインポイント」と「マルスグラフィック３０００」の各国別注文書と同時に、カリグラフィペンの開発構想書が入っていた。「マルスグラフィック３０００」の注文は三〇〇万本を越えていた。

「くれ竹筆ぺん二本立」の海外版が花開いたとの思いであった。

新ラインへの挑戦

さっそくフル生産に入った。しかし一〇〇色のペンをつくるためには色替えをしなくてはならない。その段取り替えが一筋縄ではいかなかった。段取り替えをできるだけ速くするために生産ラインは改良に次ぐ改良を行っていった。一〇〇色の品質チェックにも手間どった。

納期遅れが発生し大きな迷惑をかけ、叱り飛ばされもしたが、五ヶ月目、八月中旬には何とか完了することができた。

カリグラフィとは西洋の書道とも言われ、「文字を美しく書く」の意がある。これを書くには平らなペン先を用いる。先が平らな金属製のツケペンの先でインキをつけて書かれていたものから、ステッドラー社の企画は平たいペン先の太細を持ったカリグラフィ専用のツインマーカーをつくるというものであった。ペン先は太三・五㎜、細二・〇㎜と指定してあった。

太細のペン先をつくれば、この商品の開発はそんなに難しいものではなかった。

プラスチック成型を試みたが、ペン先が太すぎてインキの流れに難があり、ものにはならなかった。繊維芯を用いることにした。商品名は「マルスカリグラフィ」であった。

こうして、ステッドラー社との取引は三つの商品を中心に拡大し、彼らの要望に応えることによって以後二十八年間の長い取引が続いたのであった。

ステッドラー社は呉竹にとって海外進出の大きな基盤となると共に、筆記具の品質向上にとって鍛えに鍛えられた、かけがえのないパートナーであった。

一方、初めてのフランクフルトメッセの後に注文が届いたのは、ノルウェー、スウェーデン、デンマーク、イタリア、香港、タイ、レバノン、エジプト、サウジアラビアの九ヶ国からであった。

初めての見本市出品でこれだけの国々から注文があったが、これで良しとしてはならないと思った。フランクフルトメッセの際の、あの商談第一の雰囲気に、毎年回を重ねて出品を続ければ、必ず実ると確信を持てたからである。

専務と大崎は営業、私はマーケティングと商品企画に役割分担をして、以後この体制を基軸に海外市場での地位を確固たるものにして行った。ブランドは「クレタケ」から「ZIGジグ」に変えた。特にヨーロッパ市場に対しては、昭和六十二年（一九八七）にイギリスで現地法人KURETAKE UK LTD. を設立。またアメリカの代理店EK SUCCESSとは商品取引以上の親交を重ね、アメリカ市場で新分野の開拓を行ない、彼らが提案する「スクラップブッキング」という新しい分野で大成功を納めた。この成功は少なからず呉竹の進むべき道に影響を与えたのである。

呉竹精昇堂の役員になって

昭和四十二年（一九六七）四月に呉竹精昇堂に入社してから、製造、営業、総務、商品企画、海外市場開拓と懸命に頑張ってきたことが認められたのか、昭和五十六年（一九八一）八月、企画部長に任命された。

役割は、マーケティングと共に新しい時代の動きに会社が乗り遅れることなく適応していける経営企画もやれということであった。

まず企画室を新設し、組織上も明確に位置づけた。

「今までは、自分の考えや提案を直接役員にぶっつけ、各部署の協力でやってきたが、仕事の範囲が広がるともうそれではやっていけない。自分はスーパーマンやないんや。もっともっと皆の力を集結していかなければ先が心配や」

メンバーも男二人女一人を社内から選んだ。一人は墨関係、一人はペン関係、そして女性には多忙をきわめる私の補佐として事務処理と役割分担をした。

私はこれまでの仕事を通して「商品開発により市場開拓することが会社の成長発展につながる。頭の中で考えた理屈を優先してはならない。売りの現場にこそヒントがある。それに気づき、見つけ出すことが一番大切なこと」と信念を持つようになっていった。

部下には「部屋に閉じ籠もるな。店を見て歩き、よいと思うものはサンプルとして買ってきたらよい。工場にも行って現場を見よ。技術を見て学び、商品づくりに役立てよ」と口グセのように話した。

私は今まで温めていたアイデアを一覧表にして二人に渡した。

①墨　千寿墨　正倉院宝蔵墨の復元

『程氏墨苑』の復刻発刊

新しい呉竹の中心となるべき墨　天衣無縫

②液体墨　普及用墨滴に品質保証マークを添付
清書用墨滴
スーパー向け書道液
書芸呉竹の多品目化
作品制作用　磨墨液の開発
③書道用品　呉竹書道セットの充実
水墨画用品の市場参入
書道用筆の市場参入
④筆ぺん　慶弔用筆ぺん
毛筆タイプの筆ぺん
金・銀筆ぺん
極細手紙ぺん
⑤海外用ペン　カラースティックツインを六〇色に
カリグラフィーペン

墨匠による墨づくり見学
出典：株式会社呉竹創業百周年史「家業から公器へ」

不透明インキのポスターカラーペン
〇・一㎜～〇・五㎜ドローイングペン
水性インキのボールペン
⑥販売促進　墨滴キャンペーン
筆ペンプレゼントキャンペーン

「これだけのアイデアがあったら四～五年はいけますね。どれから始めるか優先順位をつけましょう。いけそうなものばかりですね」

「いや、アイデア倒れのものもあるかもしれん。検証せなあかん。筆ぺんもネタが尽きてきたなあ。今年は筆ぺんのキャンペーンと、一点は新製品を出すようにしよう。フランクフルトメッセ向けのものは、私が担当する。墨滴の方は君の方でよく考えてくれ。それと、墨やけど、『程氏墨苑』の復刻は墨屋としてやりたい仕事や。これは君らあまりわからんやろうから僕の方で進めるわ」

「もっと他に君らの方でアイデアはあるか。研究室も聞いてみてや」

社員からは、こんな提案があった。

「あのう、前々から思ってたんですけど、新製品のアイデアを社員から集めたらどうですやろか。出てくるかどうかわかりませんが、いっぺんやったらいいと思います」

「それはええことや。早速どうするか計画しようやないか。社員の参画意識も高まるんやないか」

「たたき台をつくってみます」

企画室はやる気満々、意気に燃えた。具体的な開発計画がまとまり、どのテーマをいつまでに、だれがやるかを決定した。すべてをやり上げるには四〜五年はかかる計画であった。

研究室のメンバーともこの計画について会議を持つと、彼らも研究開発の全体像が見えて満足気であった。そして、研究室からも提案があった。

墨の新たな分野

「墨や液体墨のすすの研究をしていると、すす、カーボンには色々な性質を持っていることがわかりました。最近ゴルフ場から墨汁の注文が来ました。何に使うんやろと思ってたずねると、雪を融かすのに使うそうです。ピンときて、カーボンの性質を調べていますと、遠赤外線を放出することがわかり、すすの種類でそれが強いものがあることもわかりました。すすのもつ特長を生かして融雪剤の開発はどうですか」

「そんなに効果があるのやろうか。もしうまくいけば、新しい産業分野の商品ができる。その研究をすすめよう」

これも開発テーマとなった。この融雪剤は、芝の成育に支障がないか、ゴルフシューズが黒く汚れることがないよう、水で薄めて散布できるようにするためには何倍に薄めればよいか、等々万全を期して発表した。この商品の名を「SRブラック」とした。販売についてはゴルフ場の維持管理用品専門の商社を通した。一〇〜一五㎝程度の新雪なら一時間かからずにプレーができるようになった。「コストが安く効果が高い」との評判を得て、雪が降った時には注文が殺到した。特に関東地域からが多かった。NHKにも取り上げられ、全国に放映された。これを見て、冬には雪でしばしば遅れる新幹線の関ヶ原付近に使えないか、北海道の根雪を溶かすことができないかと問い合わせが随分来た。残念ながら氷状になった雪には流れ落ちてその効果がないこともわかった。

昭和五十七年(一九八二)から平成二年(一九九〇)までの間は、正に我が国が好景気に浮かれた高度経済成長の中にあった。呉竹においても売上げは年率一〇%に近い勢いで成長を続けていた。新製品は次から次へと発売され、企画室の面目躍如たるものがあった。

売上げ高は六十四億円を超えるまでになった。

私は「こんな調子がいつまでも続くはずがあらへん。浮かれてええ調子になっていたら、えらい目に合う。今のうちにきちんと会社の土台を固めておかないとあかん」と肝に銘じた。

常務当時（47歳）　新製品開発担当
世界的ヒット商品クリンカラーを前に

第四章　優秀なる商品、必ず勝つ

【優秀なる商品、必ず勝つ】

勝ってカブトの……初心にかえる

まず打った手は社内運動であった。

会社は創業当初から「優秀なる商品、必ず勝つ」つまり「品質第一主義」を経営理念としている。これを社員全員に浸透させ、つくり出す商品の品質ばかりでなく、一人ひとりの働く品質の向上を目指す「品質の呉竹運動」を始めることとした。

いわゆる全員参加のＱＣサークル活動である。それぞれの職場において、無理はないか、無駄はないか、ムラはないか、何故過剰在庫になるのか、使っている材料のコストはどうか、もっと他に良い材料はないか、全員が考え改善する運動であった。全員参加の意識が高まるまで、まる一年を要したが、発表会を行なうたびに少しずつ「品質の呉竹」に対する社員の意識の高まりを感じることができた。

この「品質の呉竹運動」は後年に、ＩＳＯ９００２、ＩＳＯ９００１の認証の取得につながってゆく息の長い運動となって育っていった。

この運動に絡めて、「5S運動」を行なった。5Sとは「整理、整頓、清潔、清掃、しつけ」の頭文字のSをとったものである。

「いらないものは捨てる、置き場所は決める、ピッカピカの職場にする、これらのことを社員一人ひとりの当たり前の習慣にする」ことを目指した。

そしてこの二つの運動のスローガンを、「つくろう良品・きずこう信頼・めざそう品質の呉竹」と表した。

この運動の効果は年を重ねるごとに効果があらわれ出した。まずお客様からのクレームが二〇％減となり、クレームの対応が丁寧

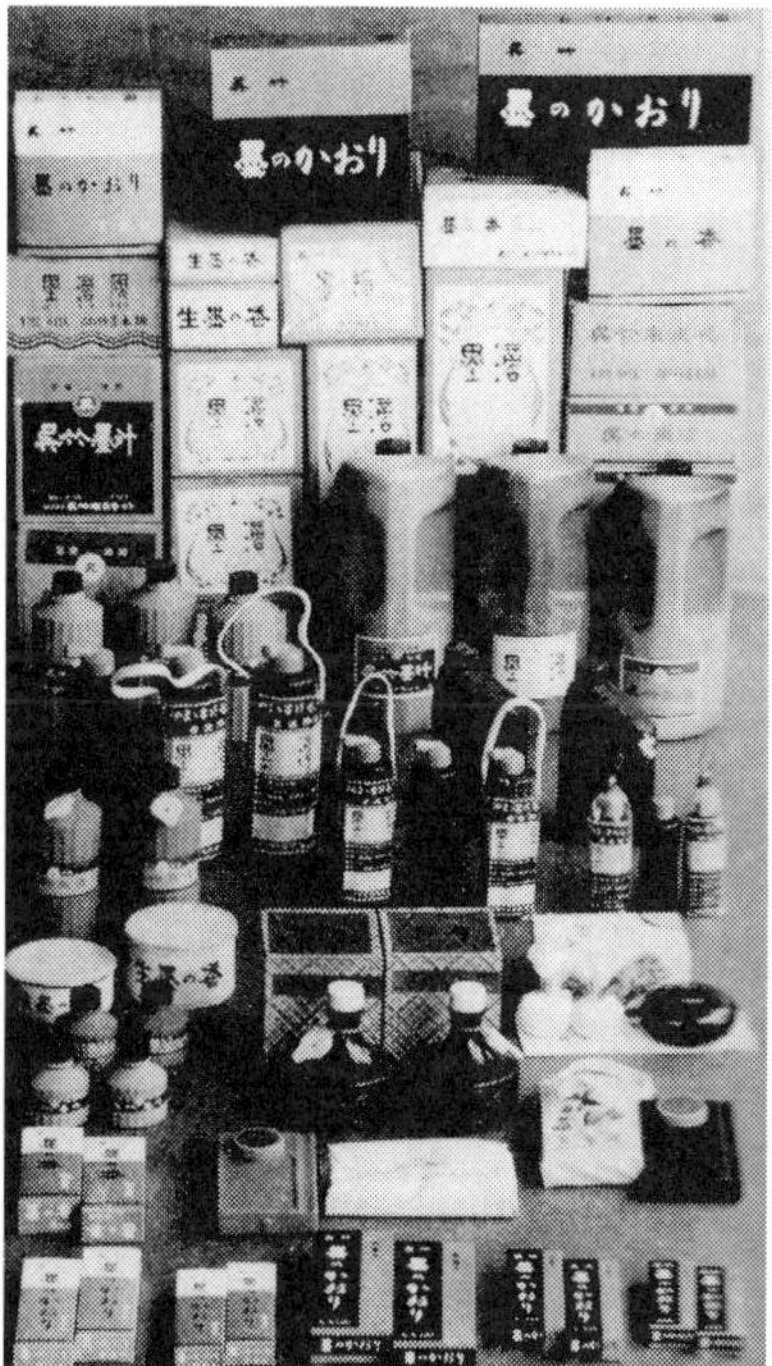

墨ラインナップ
出典：株式会社呉竹創業百周年史「家業から公器へ」

になった。売れ行きの悪い商品は廃止され、不良在庫は大きく減少した。

それぞれの職場がきれいになり、工場の床はピカピカになり、置きっ放しの資材がなくなって、整然とした工場に生まれ変わっていった。

墨づくりの季節(十月～四月)には多くの見学者が会社に来られるが、「きれいな職場やね」と賞讃されるようになったのである。この二つの運動に加えて、以前企画室メンバーから提案されていた全員参加の「新製品提案月間」を実施した。毎年十一月をこの月間に定め、全社員から新製品のアイデア、現製品の改善改良を提案してもらうものである。そして新製品として採択され商品化されたもの、改善改良によって更に商品価値の上がったものについては、経営方針発表会で金一封と共に表彰することとした。

この「新製品アイデア提案制度」は十五年間にわたり続けることができ、一万点以上の提案が残されており、その中から大きく育った商品が数多く生まれた。

この三つの全員参加の運動によって、社員が呉竹社員であることへの自覚と誇りを持つようになり、職場間の意思疎通、社員相互のコミュニケーションの向上に大きく貢献したのであった。組織の壁を越えて自由闊達に行動できる社風をつくることができたことが最大の成果であった。

昭和五十八年（一九八三）八月、私は期首経営方針発表会において取締役に任命された。役職は取締役企画部長であった。

仕事の内容は企画部長時代と変わらなかったが、取締役としての経営責任が大きくのしかかってくることになった。

「いよいよ役員になった。経営者としての勉強が大切になってくる。必要なのはもっと決算書を読めるようになること。そして会社の数字を社員に公開して、会社の状況を数字で示せるようになり、経営をオープンにすること」と心に決めた。

同族経営の欠点は、社員から「役員は高額の報酬を持って帰り、好き放題をしているにちがいない」と誤解を受けることである。

経営者一族であるが故にやらねばならないこと

経営者は社会環境の変化に適応しながら会社の進むべき道を決め、会社を発展させる中で利益を上げ、維持し、社員の生活を豊かなものにしていかなければならない——という大きな責任を背負って、日々悩み、苦労している。社員にはわかりにくい苦労である。

この苦労は同族であろうとなかろうと経営者すべてに共通するものである。それが同族経営故に誤解を受ける。あってはならない誤解である。

私は「社員から信頼される経営者になりたい。会社の実情は常に社員に公開し、説明し、社員と共有できるようにしたい」と考えた。

取締役に任命されて半年がたった役員会で、「毎月、月初の朝礼で売上げ発表をしたいと思います。社員には利益云々よりも売上げの状況を発表することによって、会社の現状がどうであるか知ることができます。それと一月の仕事始めの新年式と、期首経営方針発表会には会社の売上げと利益、損益計算の概要を示す必要があると思います。それには会社のあるべき基準数値を決め、これに対してどうであるか、また目標に対してどうであるべきかを知らしめ、社員一人一人が会社の現状を自分で判断できるようにしたいのです。どうですやろか?」と切り出した。

「ええことやと思うが、社員が理解できるか。それと会社の数字が外にダダ洩れになるかもしれん」

「はじめは理解できない者もいると思いますし、関心のない者もいます。しかし回を重ねれば必ずわかってきます。会社の数字が外に洩れる可能性もあります。しかし、売上げと利益が洩れても別に気にする必要はないと思います。競争相手の会社にわかったとしても、ウチの会社をどうのこうのとするヒマもありません。本気で何かをしたいのなら興信所に調査を依頼すると思います」

こうして社員に対して会社の数字を公開することになった。私が責任をもって数字をまとめることになった。

毎月、営業部長・課長が持ち回りで売上げ発表を行った。新年式と方針発表会での会社の数字は私が発表した。

社員からは「会社は変わりましたね」という声が聞けるようになった。

少しずつ綿谷の会社から、経営と社員が良いことも悪いことも共有できる「みんなの会社」に変身して行った。同族経営故のあらぬ誤解も姿を消していった。

昭和六十年代に入り、日本経済が絶好調となった。それに伴い国民総中流意識が拡がり、ブランド物が飛ぶように売れる。消費が美徳の社会へと膨れ上がって行った。

呉竹も年々売上げが増大し、昭和六十二年（一九八七）には五十億円を越え、平成三年（一九九一）には六十一億円に達した。昭和天皇が崩御され、平成天皇が即位された。世は平成の時代になった。

地価が異常に高騰し、後に言われるバブル景気がもたらされた。会社のある奈良市の大宮地域

(当時)も日に日に地価が高くなって行った。そこで、役員会で社長が突然話し出した。

「会社も社屋が古くなり、手狭になった。今ここの土地は坪五百万円にはなっていると思う。思い切ってここの土地を手離して、その資金でここの倍以上の広さの新社屋をつくりたい。ワシら兄弟で戦後ずっとやってきた。会社も創業九十周年をあと三年で迎えるところまできた。ワシらの手で新社屋を完成させて、そのあと次に引き継いだらと思う。皆に賛成してもらいたい」

早速土地探しが始まった。三〇〇〇坪のまとまった土地は見当たらない。それと奈良市内で工場を新設できるのは、準工業地域だけであった。

何人かの地主に交渉を重ね、ついに契約することができた。高い買い物であった。土地の面積と形に合わせて設計に入り、平成二年(一九九〇)八月、工事に入った。一年八ヶ月余りの工事で新社屋は完成した。

新社屋の建築工事の完成と同時に旧社屋からすべてのものを移転し、営業や生産活動を続けなければならない。二~三日の休業ですべてを完了しなければならなかった。

綿密な移転計画のもと、まず生産設備が移転され、次に商品、最後に事務営業を移転した。新社屋の落成は平成四年(一九九二)六月のことであった。その年、バブル景気は崩壊した。土地の価格は下落する一方で、日本経済は急激な不況に陥った。全く商品が売れなくなった。一気に売上げは下落した。

翌年、ようやく旧社屋の土地が大手ゼネコンのマンション用地として売却できたが、当初予定していた価格の半値に近かった。会社は一転、苦境に陥った。

全国の企業で大不況のために人員整理が行なわれ、失業者は急激に増加、新規学卒者も就職できず、アルバイトで生計費を稼ぐ、フリーターが現れた。

バブル景気時の異常に高いマンションや住宅を買った人はローンを返せず、売却してもなお負債が残るといった悲惨な状況が日常茶飯事のように発生した。

人々の生活は一変した。高価なものは買えない、買わない。中国からの安価な商品が出回り、日用品はこれで間に合わす風潮が定着していった。スーパーの店頭も安売り商品で

新本社完成予想図

出典：株式会社呉竹創業百周年史「家業から公器へ」

溢れた。スーパーマーケットの値引要請は厳しく、それについて行けない会社は売り場がなくなり、次々と倒れていった。

よく景気は循環すると言われるが、このときの大不況ばかりは良くなる兆しが全くなかった。

突然の指名で社長になる

平成六年（一九九四）五月、私が五十一歳のことであった。

社長は「新しい社屋も完成できた。これ以上我々が経営を続けるのもどうかと思う。思い切って若返りをはかりたい。次の社長には、正之君、君がやってくれ。ワシは会長、専務は副会長、工場長は相談役になって君の後押しをする。あとの人事は君が決めたらよい」と役員会で発言し、衆議一決した。

突然の指名に私は少々うろたえた。とうとう跡継ぎがまわってきた感であった。

「ハイ、頑張ります」としか答えられなかった。役員会が終わり、自分の席に戻った私の頭の中を、入社後に懸命にやってきたことが次から次へと走馬燈のように巡っていた。「ボンクラ」でなくてよかった。これが実感であった。

「社長になっての一年目は、まず御得意先の挨拶回りと呉竹に対するあらゆる要望を聞くことから始めよう。海外の御得意先には来年のフランクフルトメッセで挨拶や」

「最初の一年目は前社長の経営方針を忠実に実行していこう。二年目から自分なりの考えを打ち出すことにしよう。これからの呉竹は何に向かって進むのか、何を心の支えとしてやってゆくのか、しっかりと考えるんや」

「今の不況はずっと続く。間もなく二十一世紀にもなる。この不況の中で日本の社会構造は大きな変革を遂げる。社会の変革は今までの価値観を変える。生活のあり方まで変わる。これに乗り遅れると、会社をつぶしてしまうことになりかねない。社会が変わってゆくと同時に会社も変えていかなければならない」

〈こんな厳しい時に会社をひっぱってゆくのは並大抵のことではない。一年の仕事が二年分に匹敵するかもしれない。会社の定年は六十歳。今五十一歳、九年やれば、十八年やったのと同じこと、それ位きびしいことになるから、きっと六十歳を迎えたらクタクタに心が疲れ切って、熱い気持ちが切れてしまうかもしれぬ。社長で頑張るのは六十までや。ちょうど一〇〇周年を迎える時や。その時、後進に道を譲ろう〉

私は期首経営方針が発表されるまでの間、自分の気持ちの整理、やるべきこと、そして社長として全力を尽くすことのできる期間を決めて覚悟を固めた。

営業社員と共に全国行脚を始めた。

「毎度ありがとうございます。いつもお世話になっております。今日は、社長就任のご挨拶に参りました。綿谷正之と申します。不景気で情勢は非常に厳しいですが、良い商品をつくるよう頑張りますので、これからも呉竹をどうか宜しくお願いします」

「わざわざおいで下さり恐縮しています。どうぞ宜しくお願いします。新社長のことはかねがねうわさを聞いております。次から次へと新製品を開発されたらしいですね。新製品はメーカーさん以上に私どもにとっては重要なんです。売上げを伸ばすためには問屋はメーカーさんの新製品がなければどうにもなりません。これからもどんどん新製品を出して下さい。期待しています」

「ありがとうございます。ところで、私どもに要望されることはありませんか」

「二つあります。こちらから問い合わせをしても、なかなか返事がこなくて困ることがあります。私どももお客様に返事をしなければなりませんので遅いと困るんですね。もうひとつは、呉竹さん、もっと書道用品全般を取扱ってもらえませんか。筆はこちら、墨は呉竹さん、紙はあそこと、あちこちのメーカーと取引きしなければならない。仕入先をできるだけ集約して効率化をはかりたい。呉竹さんが書道用品全般を扱っていただければ、随分と助かります。是非考えて下さい」

このような会話を御得意先と交わしながら、一年をかけて全国の主な取引先をまわった。褒めてもらえること、改善を要すること、御得意先から多くの意見を聞くことができた。会社の御得意先に対応する甘さを痛感した。

「お客様あっての呉竹、呉竹あってのお客様、呉竹あっての社員、社員あっての呉竹。この関係をしっかりつくりあげることを、経営のベースにおかなければならない」と思った。

挨拶回りをし、会社へ戻っては幹部社員を集め、御得意先からの呉竹に対するイメージ、要望を伝え、それをもとに会社の変革について議論を重ねた。

深刻な事態は、全国の文具小売店が次々と廃業してゆくことだった。

スーパーマーケットが全国に大きく根を拡げ、合わせてコンビニエンスストアが徹底した店舗数拡大戦略を展開していた。一〇〇円ショップも次から次へと店舗を増していった。流通構造革命が勢いを増して進行していた。

呉竹の直接の御得意先である問屋が厳しい状況に直面し、スーパーマーケット、ホームセンターなどと取引きできたところは急速に成長し、できないところは会社維持のために懸命であった。

一方、海外は円高であるにかかわらず好調に推移していた。ヨーロッパは、イギリスの現地法人KURETAKE UK.が不透明水性顔料インキマーカーの「ZIGポスターマン」に徹底集中し、ヨーロッパ市場で№1に育ちつつあった。また、米国ではEK SUCCESS社が、メモリークラフト（オリジナルアートとしての手づくりのアルバムづくり）分野で大きな市場を占有し、その筆記具はすべて呉竹が供給して成功を納めつつあった。

国内の売上げ低下を海外がカバーするという構図であった。

新しい経営戦略

新しい社長になって、まずやらねばならぬことは、、呉竹という会社を将来どんな会社にすべきか、ということに集約されていた。墨づくりを企業の原点としてやってきたが、昭和二十八年（一九五三）、墨の世界では画期的とも言える液体墨の開発に成功、「書く」ことについて新しい筆記具の開発に挑戦して昭和三十八年（一九六三）マーキングペン、サインペンの開発、さらに昭和四十四年（一九六九）は世界初の極細プラスチックペン先のプラペンの開発、昭和四十七年（一九七二）には作品制作用液体墨「書芸呉竹」、そして昭和四十八年（一九七三）、これも世界初「くれ竹筆ぺん」を開発、と今まで経済の大きな変動はあったものの、順調以上に、会社は成長を続けてきた。

しかし、ここにきて、バブル経済と言われた異常なまでの景気が崩れ去り、「このままでは、会社の業績は低下する一方、社員の生活の補償もままならない状態に追い込まれてしまう。過去の延長線上には今までのように甘い果実が実っていることはない。もう一度、会社を立て直すために、全社員の総力で将来の呉竹の姿を描き出したい」と決心し、幹部代表とともに、「明日の呉竹を描く」チームを結成して、一年をかけて徹底して議論を交わした。

練りに練った新しい呉竹の会社像が形となって現れた。社長になって初めての重大な意志決定であった。平成七年（一九九五）六月一日、経営方針発表で全社員を前に懸命に社長生命をかけて語ったのである。

「今や、経済状況、景気の状況は過去になかった最悪の状態に進んでいます。今回のこの大不況は出口が見えるどころではなく、出口がないかもしれない。こんな中で、呉竹は過去の成功や過去の延長線上に突破口があるといった甘い考えでは、到底やっていけないと考えています。この先、我々は何に向かって頑張るのか、この社会に対して何をもってなくてはならぬ存在となってゆくのか、そのために、どんな商品を開発し、どこへ売ってゆくのか、その結果、この呉竹はどんな会社に生まれ変わらねばならないのか。こんなことを幹部代表の皆さんと議論を尽くしてきた。その結果、私たちは会社の使命を『書く・画く・描く・書く文化の創造』に置き、墨の呉竹、書道用品の呉竹、筆記具の・筆ぺんの呉竹、日本の色を開発する呉竹の商品開発をもって『アート&クラフト クレタケ』を目指します。そして、呉竹の商品を使ってくださるお客様から『呉竹の商品は使いやすくて品質がよい。安心して使える』と喜んでもらえる商品づくり、サービスを行って、小さくとも国際的な一流の中小企業となって、社員の皆さんが少しでも豊かになり、希望を持って働き、生き甲斐を持てる会社にしたいと決心しました。社員の皆さん、どうか懸命に目標に向かって、共に前へ進みましょう」

こうして、呉竹の歩むべき道を明確にしたのである。

次にはこの戦略に具体的な数値目標を入れていった。また、人心の一新を図るために、大幅な組織の組み替え、人事の異動を行なった。営業には営業専務、製造・技術には製造専務を置き、海外、経理、総務、企画は社長直轄とした。会社の大改造であった。

社長就任二年目に発表した経営戦略は、その後、毎年若干の手直しはあったが、一〇〇周年を越えて生き続けている。

バブル経済の崩壊は確実に日本経済が泥沼化し、社会構造を変革して行った。文具業界も倒産、廃業が続き、売れない中での激烈な価格競争が常態となっていった。

他社が劇的に売上げを落としている中で、社長に就任して以来六年間は、苦しいながらも五十六億円から五十八億円の売上げを維持できていた。戦略を具体的に実行して行ったことと、国内市場が落ち込むと海外市場がこれを助ける好循環が続いていたからであった。

ヨーロッパ市場では「ポスターマン」が絶好調、アメリカ市場では「メモリークラフト用筆記具」が大きく伸びていた。

国内市場をなんとかせねば、と悩みに悩んでいた矢先、東京で書家の小池邦夫氏に会う機会があった。

「呉竹さん、『絵手紙』と名付けたんだけど、こんなことをしてるんだ。あなたの会社で応援してくれたらありがたいんだけど…」

カバンから数枚のハガキを取り出された。そのハガキには筆で描いた絵と相手への手紙文が書かれてあり、見事な出来映えであった。もちろん絵には顔彩で着色されていた。

「先生、これハガキ絵ですね。『絵手紙』と名付けられたんですか。これはうまくやれば、当たりますよ。どう応援できるか考えてみます」

私はピンと閃いていた。思いがけないチャンスであった。

「これは、呉竹にとってはもってこいの分野や。新しい市場開拓ができる。どうやったらブームを引き起こせるやろうか」

帰りの新幹線の中で考え続けた。

「ブームを起こすにはやっぱりテレビで取り上げてもらうこと。NHKで『趣味悠々』という番組があったなあ……。そうか、これや」

さっそく東京支店長に連絡をとって、どうしたらNHKの番組に取り上げてもらえるかを調べさせた。「実用書道講座」で「趣味悠々」に出演された書家に番組担当者を紹介していただくことになった。

小池先生を伴って番組担当者に会った。

「これはいいですね。視聴者の皆さんは飛びつきますよ。早速検討します」

間もなく小池先生に連絡が入った。三ヶ月を一クールにして「心を贈る絵手紙入門」を放映することに決まったと言う。

番組の放映が始まるまでに「絵手紙」商品の品揃えを急いだ。号令一下であった。

いよいよ放映された。放映と同時に百貨店の文具売り場をはじめ大手の文具店に「絵手紙」商品コーナーを設けてもらった。NHKのおかげで、中年以上の女性層による「絵手紙」ブームが始まった。やはりテレビの効果は絶大であった。三ヶ月の放映で、たちまちのうちに「絵手紙」市場が大きくなっていった。暗雲立ち込める国内市場にあって、久々のヒットであった。

小池先生は、たちまちのうちにスター的存在となり、「絵手紙」を普及するために日本絵手紙協会を設立、「絵手紙」教室を開設し、「絵手紙」指導者の養成を始めた。普及のキャッチフレーズは「下手がよい、下手でよい、心を贈る絵手紙」であった。

「アート&クラフト クレタケ」を目指す我が社にとって、小池先生の動きは大いに参考になった。

呉竹も「絵手紙」普及のために、「呉竹絵てがみコンテスト」を実施した。一回目は、三九五〇通の応募であったが、毎年回を重ねる度に増え続け、三年目には一万通を越えるまでになり、確実に「絵てがみの呉竹」が定着し、No.1となったのである。

「アート&クラフト クレタケ」を進めるために、呉竹直営のアンテナショップを開設することに決定した。名称は「DUO」とした。「DUO」のコンセプトは「手づくり」である。

直接ユーザーのニーズを集め、商品開発に生かす、新製品やサービスの提供とその反応を知り改善・改良に生かす、そしてアート&クラフトショップのノウハウを積み上げ、もはや文具小売りではやっていけない店にアート&クラフトショップへの転業を勧め、従来になかった業態開発に結びつけることを目指した。名古屋、横浜、福岡、札幌と次々に開店していった。

バブル崩壊の不況の中で社長退任へ

平成十二年(二〇〇〇)、文具業界は不況の続く中、流通構造の変化に取り残された問屋がついにこらえ切れず、次々と倒産した。バブル景気の続く頃、三万五〇〇〇店あった文具店がこの十年間で、一万五〇〇〇店まで減少するに至った。不良債権は増大する一方、売上げは急激に落ち込んだ。不良債権の処理と売上げ低下のダブルパンチで、利益も何とか黒字が計上できるといったところまで追い込まれた。

社長に就任してから赤字経営だけは絶対にしたくないと、役員始め幹部社員と苦労に苦労を重ねてきたが、このままではどうすることもできない窮地に陥った。

自らの失敗で招いた窮地であれば、責任の取りようもあるが、外部要因で追い込まれた窮地には、ただ悔しさのみがつのった。

「今までの七年間の苦労は何やったんや」

むなしさが残るのみであった。

「ついにきたか。手を打たなあかん」

リストラを決心した。一夜にして髪の毛の色が白くなるほどに悩み抜いた。

学生時代、十一月の終わりに十名の山仲間を率いて立山へ行った時、猛吹雪に遭遇し、体調を壊した一人を犠牲にして他を助けるか、見捨てることなく全員討ち死にするか、追いつめられたことを思い出していた。その時の私の決心は、一人を犠牲にして他の者を生かすことであった。

九死に一生を得て、全員無事下山できたが、「あせったらいかん、あわてたらいかん、あきらめたらいかん」と自分に言い聞かせていたことを思い返していた。

「絶対に会社をつぶしたらいかんのや。つぶしたら、何百人が路頭に迷うことになる。犠牲を出したとしても、他の者を生かすことが大事や。心を鬼にせよ。鬼になれ」

リストラを断行した。五十歳以上の幹部社員から退職勧告に踏み切った。本当にきつかった。断腸の思いであった。

徹底した経費削減を実施した。役員の報酬も五〇％削減した。人件費削減も行った。組合との交渉は厳しかった。

給与を全員年俸制に改革し、人件費総額規制を行えるようにした。役員の定年制を定め、六十五歳までとした。会長先代の役員の方々も一〇〇周年を迎える時までとして引退をお願いした。若い社員が会社の将来に不安を感じて自ら退社してゆくのが辛かった。

平成十三年（二〇〇一）はリストラに明け暮れる一年であった。業界は依然倒産の嵐が吹きまくっていた。同年、リストラ効果が出て、売上げは低下したが、利益は回復した。少しも喜べない業績回復であった。

平成十四年（二〇〇二）、一〇〇周年を迎える年、私はこの年を区切りにして、社長を譲ることに決めた。社長に指名されたとき、バブル景気がはじけて厳しい経済環境の中で、一年で二年分の仕事をするくらい、苦労するだろう、六十歳で後任に譲る――と決心したことを実行に移したのである。

八年間の社長業は本当に厳しかったが、悔いのない八年であった。営業専務を次の社長に指名した。六十五歳まで会長として残り、この間は、経営の現場には一切口を出さない。次に譲る新社長がすべての責任をもって経営をコントロールすることが良いと考えていた。

会長としてやるべきこと

会長としてのやるべきことは、業界、地域の経済界等対外的業務を引き受け、呉竹の代表として対外的な役割を果たせばよいと考えた。

平成十四年（二〇〇二）十月一日、会社の創業記念日。全社員の前で、一〇〇年の歩みの振り返りと社長退任の挨拶をし、私は呉竹経営者としての幕を閉じた。その後は業界や地域経済団体の様々な役を務め、六十五歳を以て呉竹の役割を退任し、六十七歳まで相談役として在籍した後、退職した。

この年の十月、私の会社人生の幕は降りたが、振り返ると常に変革と挑戦の連続だった。先代の社長初め役員の方々は、自分たちの引退後、後任としてふさわしい人物に育てなければならないと思っていたのだろうか。私にだけはいつも新しい任務を指示し、それに挑戦する機会を与えてくれた。私も元来殻に閉じ込もることが性分に合わず、新しいことに挑むことにやりがいを覚える性格だった。そして期待に応えなければという気持ちが強かった。自分を鍛えるありがたいチャンスでもあった。私の会社での仕事はいつも二倍を目標にしていた。挑戦する意欲が湧いてくると、いつまでにこれを達成しようと、人の二倍努力したのである。今から思えばそれがちょうど良い加減であった。

第五章　墨とともに歩んで

【墨とともに歩んで】

地元私立学園の理事長に

昭和四十二年（一九六七）四月一日、二十四歳で始まった私の呉竹の人生は、平成二十一年（二〇〇九）八月三十一日をもって全てが終わった。

晴れて自由の身になったという解放感が、私の心に広がっていた。〈さぁ、これから呉竹へ入社した時に封印した山へ再び帰れるんや、帰るぞー〉と喜びに浸ったが、現実はそう甘くはなかった。まず体力をつけないとだめだ。少なくとも一日三十キロは歩けるようにならないと。歩くことを毎日の日課にと、自宅から二月堂まで片道四キロ程度であるが、歩きはじめた。ところが、なんとそれだけが精一杯であった。日頃、体を動かしているように思っていたのに何ということか。最後の二月堂舞台への石段のキツイこと。体のつくり直しから始めなければならないと身に沁みた。

自宅の近くにスポーツジムがあり、思い切って入会した。「一日三十キロ歩ける身体づくりがしたい」とトレーナーに相談し、メニューをつくってもらった。私にとっては、とてもきついメニューで、初めの内はメニューの半分にも届かず、「仕事であれだけ頑張ってきた体なのに、なんやこの有りさまは」と自分の体を鏡に映しては、ため息の連続であった。

子どもの頃、オリンピックを復活させたフランスのクーベルタン男爵が引用した言葉「健全な精神は健全な肉体に宿る」(ユウェナリス『風刺詩集』より)を思い浮かべ、山へ戻るのはもうしばらく先やと、まずは健全な肉体づくりを始めたのである。

こんな毎日が始まった矢先に、地域の経済界で親しくさせていただいていた大先輩からお呼び出しがあり、思いもしなかった全く新しい仕事の依頼が入ったのである。

それは、女子を中心とする私立学校の理事長をやってほしいというものであった。学校の経営には縁もゆかりもない私にとって、面食らう話であり、即答できるものではなかった。

私は、呉竹での人生が終われば、晴れて自由の身になって、まずは人生の夢である〈日本人が初めて八〇〇〇m峰に登ったヒマラヤのマナスルをこの目におさめたい。イタリアのミラノからオーストリアのチロルの山々をめぐり、イタリアのベルニナ山群にもどり、それからヨーロッパアルプスを数ヶ月かけて歩きたい。この二つの夢だけはどうしても実現したい〉と思っていた。もし、学園の理事長を引き受けることになれば、私の人生の夢を捨てなければならなくなるかもしれない。迷いに迷ったあげく、もう少し、呉竹で学んだことを生かして新しいことに挑戦してみたいと心が傾くようになって、ついに学園の理事長を引き受けることになった。当然、二つの夢はお預けとなった。

学園の経営は、並大抵のことではなかった。第一に、教育のことがわからない。抽象的に、あれがよい、これがよいとは言えても、それを具体化して実行するのは先生方である。先生方は、授業、生徒指導、学校行事、保護者との対応、部活と毎日が戦場である。そこへ私が理事長としてノコノコ出掛けていって、ああしろ、こうしろとは、とても言えるものではない。学校を良くするための改革は、それぞれの学校をコントロールしているトップリーダー、すなわち校長先生が率先垂範することが効果的であるということも次第に理解出来てきたのである。企業経営では何といっても社長がトップリーダーであり、社長の一言で会社が動くこともよくあることだが、学校はそうはいかない。理事長が良いと言っても、現場では「出来ないものは出来ない」と動く気配もないことが度々重なっていった。

生かされた命

こういうことが繰り返されて、元来、正面突破を旨とするやり方しかできない私にとって、ストレスが積もりに積もっていった。そして、平成二十八年(二〇一六)四月六日、新学期が始まり、慌ただだしさから落ち着きを取り戻しつつある時、何の前触れもなく、大動脈解離に見舞われた。胸骨を切り開く大手術で、奇跡的に九死に一生を得たのであった。さらに、しばらく経つと、心臓左心房冠動脈の三ヶ所が詰まりかけていて、これもカテーテル手術を受け、トドメは、平成三十年（二〇一八）九月、舌ガンの手術であった。

何と運の良いことだったか。ちょっとタイミングを誤れば、死に至ることばかりの病であった。大動脈解離の手術後、病院のベッドでウトウトしている私の枕元に春日大社の大神様が立たれ、「まだ死んではならぬ。もっとやるべきことが多くある。死ぬなよ」と告げて下さったのである。何ということなのだろうか。本当に春日の神様のご加護で私は生かされているのだと感じることがある。

私は、学園の経営を通して、学園経営者は、企業経営者であるべきか、それとも教育者であるべきか自問自答をくりかえしていた。九年が学園経営で過ぎようとしているが、この間、一度も学校業績の向上を味わうこともできなかった。「先生が変われば生徒が変わる。生徒が変われば、学校は変わる」これが学校運営の大原則であり、これを実現できるのは、結局、経営者がいくら頑張っても相容れてもらえない教員の世界があるということなのかもしれない。

あせらず、あわてず、あきらめず

七十数年生きてきた人生の大半を呉竹で過ごし、その中で経験し学んだことが私の全てである。

私が常に事にあたって思うことは「あせらず、あわてず、あきらめず」であった。これは、学生時代、山登りで厳しい自然の中で生きていく上での体験から得たものであった。呉竹の仕事の上でも、行き詰まった時、くじけそうになった気持ちを励ましてくれたのは、この言葉である。どんな局面に遭遇しても常に頭に浮かぶのは「あせらず、あわてず、あきらめず」であった。この心の持ちようで、どれだけ厳しい壁を乗り越えることができたか。ほろ苦い思い出である。

そして、私の生き方は、いつでも正面突破であった。そのもとは、「まじめ、誠実、公平」である。私を育ててくれた親、担任の先生、友人、そしていろいろな関わりをもってきた方々の教えで私自身がこうなったのかは定かではないが、物事に対して真正面から取り組む姿勢は、小学校時代から高校まで学んだ書で培われたのではないかと思う。机に向かって正座し、背を伸ばし、手本をしっかりと臨書していく。この繰り返しの中で、文字を正しく美しく書くことへの心構えが自ずと〝人はまじめでなければならない。他の人に対しては誠実でなければならない。そして、どんな人に対しても公平に接することでなければならない〟といった人としてのあるべき姿を映し出してくれたように思う。そして、このことが約束を守るということにもつながっていった。人として信頼を得ることの最も大切なことは約束を守ることであろう。平気でさもあったようにウソをつく、時間に遅れる、言ったことを反古にしてしまう、待てどくらせど返事が返ってこない、こんなことを繰り返す人を、どうして信頼できようか。私が他の人からどう思われているかはわからないが、自分は約束をしっかりと守れる人間だと思っている。

人の「心」を動かす

人が動くということは、詰まるところ「心」である。心に感動や気づきを覚えると、人は動く。この商品はなかなかよく考えて使いやすそう、こんなものがほしかった、これは便利だ、きれいなデザインやなぁ、あの店は気持ちのよい応対してくれるなぁ、大して高くないけど美味しいなぁ、え?? 意外におもしろいやん、説明が上手でよくわかる、さすがや、そうか！ そういう手があったのか、なるほど、そういうことやねん。

引っ張り出せばキリがないほどに感動や気づきが転がっている。こんな何気ない日常の中での感動や気づきをお客様が持ってくれれば、商品が売れ、お店やカフェが繁盛するのである。また、企業や組織では人が動くのである。これが世に言うマーケティングということなのだろう。

売る側がいくら御託を並べても、感動もなく、心を動かさなかったら絶対にモノは売れない。お店でいくら講釈を垂れて説明してもらってもウルサイだけでは買ってはくれない。企業や組織についても、やらねばならぬことを口を酸っぱくして説明しても、心を打たなかったら誰も動いてはくれない。つまるところ、どう「心」に響かせることができるかによって人は感動し、気づき、動きはじめるのではないだろうか。そして、その原点は、「まじめ、誠実、公平」の心、約束を守り、信頼を得る「人となり」にあると思う。私はこれらのことを四つの言葉にまとめて、私なりの仕事観にしてきた。

信頼されるための四つの仕事観

その一つ目は、品質第一主義である。品物には必ず品質がついてまわる。同時にお店にはお店なりの品質がついてまわる。何においても品質なくして商品やサービスは成り立たない。この品質に人は感動し、心が動かされるのである。

二つ目は、お客様第一主義である。自分がつくっている商品は誰のためにあるのか、誰に買ってもらおうとしているのか、自分の店はどんなお客様に来てほしいのか、つまり、誰に感動し心を動かしてもらいたいのかを描かないと、とんでもない的外れになってしまう可能性が高い。テレビや新聞のコマーシャルを見ていても、的外れによく出くわすことがある。お客様が誰か、そのお客様にどのように感動してもらうことがよいのか考え抜くと、必ず道は開ける。

三つ目は、No.1主義である。No.1と言えば大げさに聞こえるかもしれないが、決してそんなことを言っているのではなく、ウチの商品には他にないこんなことがある。こんなことができる、といったことでも、世界で一番小さい、世界で一番細い等、他にはないところが、他に比して自慢できるところがあれば、そして、それがお客様にとって感動を誘うものであればNo.1に近づくのである。簡単に思いつくことではない。必死になって四六時中考えて考え抜いて、ハッと閃いた時が勝負である。そんな閃きは常に机の前に座っている時に現れるものではない。トイレかも、風呂かも、通勤の電車の中かも、いつどこで閃くかわからない。そのためには、いつでもどこでも書けるメモが必要なのである。閃きはすぐに忘れてしまうことが多い。

最後の四つ目は、公平主義である。私たちの毎日は、ともすれば他の人の話、他の人の評価で多くの時間をついやしていることが多い。噂話である。そして、意識せぬままに評価して、その人の「人となり」を決めつけてしまうことも多い。一度ついた評価や評判は、まず消しようがないのが辛いところである。正しい評価ならよいが、偏見に満ちた評価であれば、どれだけ無責任に傷つけているだろうか。こんなことが、世の中でまかり通っているのである。

おわりに

懸命に生きている姿を見れば、よくやっているなぁと思い、人に迷惑をかけている人にはそれなりの評価をぶつける。すべからく、よくやっている人にはそれなりの報いがあり、そうでない人にはそれなりの報いがあって、はじめて公平と言えるのではないか。正しい人には正しい評価を。そうでない人にはそれなりの評価を。これが人の世の常であるにも関わらず、そうでない人が大きな地位や富を得ている。私はこういうことが好きではない。努力し、研鑽し、その結果が正しく報われることが公平の極意であろうと思うのである。

私の人生もまだまだ続くものではなく、残された時間は随分と短くなってしまった。私の生い立ちから現在まで七十数年間の人生は、苦労の連続、厳しいものであったと言えそうであるが、決してそうではない。その時に必ず手を差し伸べてくれて、導いてくれた人たちがいて、本当に運のいい人生であった。

考古学の夢も見た。山にも登った。墨の勉強も大いにできた。くれ竹筆ぺんの開発、世界の市場の開拓も行えた。地図でしか知らなかった国々へも行くことができた。これほどの人生を送っておきながら、どうして辛い、苦しい人生だったと言えようか。学園の仕事を終えた今、晴れて自由の身になった。ヒマラヤは諦めるとして、ヨーロッパアルプスをこの目にしっかりと納めて、それを趣味で続けてきた山の水彩画でヨーロッパアルプス紀行を描く。それができれば、いつ人生の幕を閉じても悔いはないと思っている。

（完）

付録　墨を語る

【墨を語る】

平成十四年（二〇〇二年）、呉竹が明治三十五年（一九〇五）に創業一〇〇周年を迎える年、一〇〇周年を区切りにして八年間勤め上げた社長の席を譲ることに決めた。厳しい、本当に厳しい経済環境の中での社長業であったが、何とか乗り切れたこともあり、「きつかったけれど、よくやったな」と、今は当時の自分を振り返ることが出来るようになった。

私の呉竹人生は、社長を退いたからといって終わるものではなく、平成二十二年（二〇一〇）八月まで会長、相談役を務めた。この会長、相談役の私の役割は、会社の経営の現場には一切口を出さず、業界、地域の経済界の活動等、対外的な業務を引き受け、呉竹の代表としてその役割を果たすことができればと考えていた。それと共に、呉竹の基幹である墨、それも一三〇〇年続く奈良の伝統産業である墨について、教育、芸術書道、趣味の書道の世界でもっと広く知ってほしいと願い、墨の講演活動をやっていきたいと念じていた。営業社員の活動は、地域の書道家を訪問し、地元の書道用品業者を通して販売している。書道家の先生方は書道会を結成し、書作活動をしている。私は営業社員に、書道会の集まりで、墨の話の講演なら喜んでさせていただく、機会があればどんどん紹介してほしいと頼んでおいた。すると次々と講演依頼が舞い込んできたのである。全国各地にある書道会の行事や会合に呼ばれて、「墨の話」をしてほしいということで、全国各地を墨の講演で、忙しい日々を送ることになった。

講演は、「墨の不思議な魅力」と題し、「墨の歴史」、「墨をつくる」、「墨を使う」の三部構成として、講演時間に合わせて話す内容を決めていった。聴講者は、墨の歴史や墨をつくるということには興味を示されないが、墨を使うことについては熱心に聴いていただけたように思う。専門用語を使うと、聴く人にはなかなか伝わらない。できるだけ〝なるほど〟とうなづいていただけるように、簡潔に言葉を置きかえて話す工夫を行った。また、パワーポイントを使って映像を見せて話すのではなく、できるだけ実物を見せて説明することで、墨だけではなく、いろいろな道具立てに意を注いだ。

当然のこととして、講演のレジメや資料を準備し、場当たり的な話にならぬように、聞く人に対して失礼にならないように心掛けた。〝呉竹の会長の話はおもしろい、よくわかる〟とお褒めの言葉をいただき、それが伝わって、さらに講演依頼が舞い込んでくることとなった。

では、どんな墨の話をしたのか。私が40年余り墨について勉強したことを、墨の講演録の形で記しておきたい。

【墨の講演録「墨の話」】

奈良から参りました呉竹の綿谷と申します。今日は、墨の話をせよとお招きいただき、ありがとうございます。私は大学を卒業して呉竹に入り、四十年余り墨のことについて少しずつ勉強してまいりました。子どもの頃から「お前は跡取りや、墨屋の息子は字だけはしっかり勉強せなあかん」と言われ、書道は高校三年まで、平田華邑先生、今井凌雪先生に教わりましたが、墨のことについては全くと言ってよいほど無知でした。

子どもの頃、いつも思ったことは、早く濃くなる墨はないのだろうかということでした。こんな私が呉竹に入り、営業を命ぜられ、新潟県から福井県までを担当した頃、富山市である書道会の会長宅を訪問した時のことでした。

「綿谷君、珍しい墨を見せてやろう」と持ち出された丸型の古い墨に目を見張りました。「この墨はなあ、中国の明の時代に『程君房』という墨屋がつくった『百子図』という墨や。四〇〇年以上も経っているのにまだ今でも使えるんや。日本の墨で四〇〇年も経ったら多分死んでしまい使い物にはならんやろう。呉竹もこの墨に負けんような墨の研究をしたらどうや」

私にとって、全くの未知の世界の墨の話でありました。鈍い艶を発する「程君房」の「百子図」が、「墨の勉強をせよ」と私の心に火を付けてくれました。

ちょうどその年の秋、奈良国立博物館で恒例の「正倉院展」が開催され、天平時代の筆・墨・硯・紙が展示されました。墨は、唐の玄宗皇帝が遣唐使を通じて聖武天皇に贈ったと言われる唐墨「華烟飛龍鳳凰極貞家墨」、朝鮮半島新羅国の「新羅武家上墨」「新羅楊家上墨」が一三〇〇年の年月を経て完璧な形で保存されていました。これを見て、「墨の勉強せよ」とさらに私の心に火をつけてくれたのです。墨はいつどうして生まれたのか、どんな過程を経て今のような墨になったのか、墨の原料は？　墨の色は？　いろんな疑問が出てまいります。こんな疑問をひとつひとつ繙くために、四十年余り、多忙な仕事の合間合間に勉強を続けてまいりました。これからお話申し上げるのは、そんな中で勉強してきたことであり、未熟なところもありますが、「へぇー、墨ってそうなのか」とご理解いただければありがたく、嬉しく思います。

小・中学校では、生徒達が一年間で毛筆習字を三十時間学習することが文科省の学習指導要領で決められています。しかし、この毛筆習字を決められた通りに実施している学校が少なくなってきているのです。中学校については、全国約一〇〇〇〇校ありますが、その内約七〇〇〇校では毛筆習字をやっていますが、約三〇〇〇校では、やったことにして他の授業にまわしているそうでありま す。こんなことが続きますと、毛筆習字をしない生徒がどんどん増えていき、毛筆で字を書く、書道をするといった子ども達の興味や関心がなくなっていきます。学校で習字をやらなくなっていきますと、子ども達の文字を美しく整えて書く、筆順を学ぶといった日本語、日本文字の正しい書き方や使い方がわからなくなって、楷書が書けても、行書が書けない、そして、毛筆書道という芸術をしてみたいといった将来への夢や希望が減っていって、書道芸術の世界は、将来どのようになっていくのだろうかと大変心配しています。子ども達の書写教育が次第にこのような状況であることをまず知っておいてほしいと思います。

およそ三五〇〇年前の、紀元前一五〇〇年頃、中国殷《いん》の時代に甲骨文字《こうこつ》が生まれました。甲骨文字が漢字の始まりですが、亀の甲や動物の肩胛骨《けんこうこつ》に文字を刻み込んで、消し炭の粉を水に溶いて流し込み、火にあてて割れ具合を見て占い、政事《まつりごと》の決定を行ったと言われています。甲骨文字は鋭い歯先で刻んでいましたが、刻むことから書くことに変わっていきました。消し炭の粉と漆を混ぜ合わせ、尖った木片につけて書くようになり、次第に書きやすい丸味を帯びた文字に変化し、それと共に文字が普及し、文字を書ける人が増えていき、中国漢《かん》の時代、今から約二〇〇〇年以上も前のことですが、現在の墨の原型となるものが生まれました。

　消し炭の粉を漆に溶き、これを尖った木片などにつけて書く、これが墨の始まりであり、それ以後一五〇〇年の時の流れを経て初めて固型の墨がつくられました。中国漢の時代は、文字がどんどん普及していきますと、書く道具としての筆記具の需要が拡大してゆくことは言うまでもありません。消し炭の粉や、天然の石墨を粉にして漆に溶いて墨にしていたのでは、とても間に合わない。水さえあれば必要な時に必要なだけ使えるようにと、消し炭や石墨の粉末に漆を加えて練り、乾燥させて小豆《あずき》大の墨の粒をつくりました。これを墨丸《ぼくがん》と呼びます。墨丸を石板の上で水を加えてすりつぶし、滑らかな墨の液をつくり、筆で書きました。この墨丸は現在私達が使っている墨の原形となるものです。墨丸は持ち運びができるようになり、文字を書く場面が大きく拡がっていきました。

　漢の時代の前は、春秋戦国の時代です。紀元前八〇〇年頃から紀元前二二〇年まで、今からおよそ二八〇〇年前になりますが、中国は覇権を争っての乱世が五〇〇年続きました。この乱世は秦の始皇帝によって統一されますが、春秋戦国の世では、世の平安を願って孔子、老子、孟子、荘子、孫子と言った思想家達が次々と現れ、乱世の国々に説いてまわりました。そして、その思想を薄く削ぎ切った竹片に書き記し、糸で結び、スダレ状の巻物にして残しました。書き記すに、墨は石墨を石の上で磨って粉にし、そこに漆を溶き、動物の毛を束ねて木の軸に結びつけて毛筆をつくり、一字一字丁寧に書いていきました。どんな経過を経て筆がつくられたのかは定かではありませんが、このような時代の流れの中で、筆記具としての筆、墨が着実に進歩していったようです。文字の普及が墨、筆の発展の原点となりました。

現在の墨は、すす（炭素の微粉末）と膠《にかわ》と若干の香料を混ぜ合わせ、木型に入れて形を整え、木型から出して灰の中にうずめて徐々に水分を除き、カキモチをワラで編んで吊るして乾燥させるのと同じようにして吊るして乾燥させ、その後はきれいに洗い、文字や模様に彩色をして完成させます。このような工程を経て墨は出来上がりますが、こんな形になったのはいつのことだったのでしょうか。

文字が甲骨文字から金石文に形を変え、刻む文字から書く文字へと変化していきます。手で書き始めますと、次第に書き易くするために簡素化されていきます。春秋戦国時代の文字は金石文が整えられて篆書《てんしょ》に変化していき、さらに秦の始皇帝は中国各地で使われていた様々な文字を統一して、より使いやすい文字に変えました。始皇帝が中国統一で残した文化面での功績は、文字の統一と度量衡《どりょうこう》の統一であろうと思います。

この時代に文字が統一されることで、文字は次第に普及して、記録する、自分の思いを相手に伝えるといったことがどんどん拡がり、生活の中に息づいていきました。はじめは「消し炭」の粉末を使っていたものが、土から生まれる炭素の結晶の石墨に替わっていきます。

また、文字がどんどん普及しますと、自ずともっと簡易に書きやすい文字へと変わっていきました。秦《しん》が滅んで、再び戦乱がおこり、項羽《こうう》と劉邦《りゅうほう》の激戦の後、劉邦は漢を興し、ようやく戦乱の世が平定されました。漢の時代は、前漢と後漢に分かれますが、後漢に入って世の中が平穏になると、一挙に文化が花開きます。その最先端は文字でした。秦の始皇帝のもとで統一された文字は、さらに書きやすく簡素化され、隷書《れいしょ》が生まれました。後漢の西暦一〇四年には、紙が発明され、それと共に筆記具としての墨・筆・紙が整い、文字の普及拡大と共に、筆・墨の需要も一気に拡大していきます。石墨を粉にして漆で固めた墨丸ではもう間に合わない、もっと炭素の粉がいる、大量に採取できる方法がないだろうかと思い悩んだことと思われます。かまどで松の木をくべると、大量のすすが出ることを目にして、墨の材料にできるかもしれないと思いつきます。松の木を燃やしてすすを採り、練り固める方法を発見し、次第に墨の形を成していきました。松の木を燃やしてすすを採る。墨にとっては、技術革新の第一歩でありました。それに加えて、約二〇〇〇年前、墨丸をつくるのに漆を使っていましたが、漆に代わってはじめて膠《にかわ》が使われるようになりました。どうして膠が発明されたかは、まだ調べ足りていませんが、古代エジプトでは王様の棺が膠でくっつけられています。四〇〇〇年以上も前にすでに膠があったのです。それが、どのような経路で中国に伝わったのか、あるいは中国で発明されたのか、どちらにしても漆にかわって膠が漢代になって使われ、現在の墨と変わらない材料となりました。これが墨の技術革新の二歩目であります。

漢の時代、すすは、今の西安の近く、松の木が茂る隃麋《ゆみ》、終南山《しゅうなんざん》が産地であり、併せて墨もつくられていました。唐の時代が終わる頃まで、およそ五〇〇年以上、この地が墨とすすの生産地であり、隃麋と言えば、墨の代名詞に使われたほど有名でありました。

唐の時代が終わると、再び中国は国が乱立するようになり、唐朝の末裔が南に下り、南唐を建国します。それと共に、すす、墨の産地であった隃麋、終南山から北京の北東に位置する易水《えきすい》という地で、すすが採られるようになり、併せて墨の生産が行われました。この頃には、すでに墨屋が誕生し、墨師がすすを採り墨をつくっていました。二〇〇年余り易水で墨がつくられていたようですが、すすを採る松山が足らなくなったのか、再びすすの産地は、安徽省《あんきしょう》屯渓の近く歙《きゅう》県に移り、墨がこの地でつくられるようになります。ここで産する墨は徽墨と呼ばれ、今もなお中国唯一の墨の産地として名を馳せています。

今、お使いになっている墨は、大半が植物油を燃やすか、大量生産する墨は石油を燃やして採るすすであります。松の木を燃やして採るすすのことを松煙《しょうえん》、油を燃やして採るすすのことを油煙《ゆえん》と言いますが、墨の元々の材料は松煙でありました。油煙の墨を油煙墨、松煙の墨を松煙墨と言いますが、大きな違いは墨の色であります。端的に申し上げますと、松煙の墨の色は青味を帯びた黒、よく見ると真っ黒ではありません。油煙の墨の色は、純黒、やや赤味を帯びています。これは、すすの採り方の違いが、墨色の違いに現れるのです。松煙は、深い山の中で、すす採りのドーム状のほこらをつくり、松の割り木をくべて、ほこらの内側に付着したすすを刷《はだ》き集めます。すすは大・小様々の粒子で混在します。一方、油煙は、室内で油を入れた器に灯芯を立て、その上に上蓋をかぶせ、上蓋の内側についたすすを刷き集めます。室内で常に一定の条件で採取しますので、すすの粒子はほぼ同じ大きさで一定します。なおかつ、粒子は微粒子となります。

大・小混在した松煙は、すすを見ても真っ黒でなく、やや灰味を帯びており、墨にすると青味を帯びた墨色になります。大きな粒子のすすは、目には青く映るのです。薄めて使いますと、その青味が際立って、油煙の墨には見られない美しい滲みが現れます。

一方、微粒子、均一の油煙の墨は、やや茶味、赤味を帯びた純黒の黒色で、薄めますと、透明感のある茶紫の色味になります。粒子の大きさが小さければ小さいほど、黒く目に映るのです。

毎年、奈良では、秋の十月下旬から奈良国立博物館で正倉院展が開かれます。何年か前には、正倉院に宝蔵されている筆、墨、硯、紙も展示されました。大仏開眼法要に使われた大きな墨、筆も出品されたこともありました。よくもまあ一三〇〇年の時を経て、こんなに見事に保存されるなあ…と墨を見て思うほど完璧な形で残されていました。貴重な宝物の他に経典や記録など、いろいろな書き物が出品されます。内容は全くわかりませんが、書かれた文字の見事さと墨屋の目と言いますか、墨の色に目がいってしまいます。適度な濃さで滑らかに書かれている記録は、あまり判別できませんが、経典など、にじまない紙に濃くすった墨で書かれている文字は、艶がなく青黒く目に映ります。「ああ、やっぱり、これは松煙や」とわかります。正倉院展をご覧になる時には、こんな見方をすれば、さらに興味深いものになると思います。

このような天平時代の墨は、どのようにつくられていたのでしょうか。

墨の製法が我が国へ伝えられたのは、飛鳥時代のこと、推古天皇十八年（六一〇）に朝鮮半島の国高麗《こうらい》（これは高句麗ですが）の王が、お坊さんの曇徴《どんちょう》と法定を派遣してきました。曇徴というお坊さんは、工芸の技術に優れていて、墨の製法、紙の製法をもたらしました。すでに我が国へは仏教と共に文字が渡ってきており、朝鮮半島の国々との交易により、墨・筆は輸入されていました。それが曇徴さんのおかげで、我が国でも墨がつくれるようになったのです。飛鳥時代、大化の改新のあと制定された大宝律令には、墨づくりの職人をおいて墨をつくらせるとあります。飛鳥から平城京へ遷都して、平城京では図書寮という部署で、造墨手四人をおいて、年間四〇〇丁の墨をつくったと記録されています。

　すすは、平城京の近く京都府和束町で採っていたと言われています。中国も我が国も同じことですが、すすの産地が墨の産地になり、天平時代には、京都府和束《わづか》、滋賀県近江武佐、兵庫県播磨、淡路、大分県太宰府でもつくられていました。

　このような時代の流れの中で、我が国でも一部役人や貴族の中でしか使われなかった文字が、日本語の発音に合わせて漢字の音をあてることで、万葉仮名が生まれ、次第に整えられて、平仮名、片仮名が生まれ、広く普及していったのです。当然のこととして、筆・墨の需要は大きくなる一方で、その供給は、各地ですすを採り、墨をつくることで充たされていったと思われます。

　中国でも我が国でも、墨は全て松煙ですから、高級な墨でない限り青味を帯びています。そうした中で、文字を書くという文化が、もっと美しく書きたいという意識を芽生えさせ、それと共に墨色のことも文人と言われる人々の中から、「もっと黒い墨はできないのか」といった要望が出てまいりました。

中国では、造墨師達は、いろいろな工夫をしています。朱を入れたり、蛇の肝を練り込んだり、紫草の汁やトネリコの樹皮のしぼり汁を入れたり、何故こんなことまで？　と思うような工夫をしましたが、結局モノにはなりませんでした。我が国ではどうであったのか、記録は見当たりませんが、平安時代、鎌倉時代に残された書跡は、上質の墨が使われていたらしく、青味を帯びたものはあまり見ることはありませんが、多分、庶民の間では質の悪い墨を使っていたに違いありません。

「もっと黒い墨色の墨がほしい」との要望は、意外にあっけなく満たされました。今から約一〇〇〇年前、中国は宋の時代、灯りは皿状の器に油を入れて、灯心を立てて燃やしていました。その灯心から立ち上がっているすすを見て、「はっ！」とひらめいた墨職人がいたのでしょうか。「このすすを集めて、墨にできないか」と思い立ったのでしょう。工夫を加えてすすを採り、墨をつくりました。そうして出来上がった墨は、真っ黒の墨色でありました。松煙ではモノにできなかった真っ黒の墨づくりが可能となったのです。この一瞬の出来事が、墨の世界を変える大いなる技術革新であり、墨にとって二歩目の技術革新でありました。我が国でも同じ事が起こりました。西暦六一〇年に伝来した墨づくりの方法は、松を燃やしてすすを採り、溶かした膠液と混ぜ合わせ、押し型で刻印し、乾燥させるというもので、この方法は、原料の進歩、造墨方法の改善があったものの、基本となる部分は今も全く変わっていません。文字の普及と共に、筆記用具としての筆、墨の需要は際限なく拡大していきます。松の繁茂する地がすすの産地、すすの産地が墨の産地となって墨をつくり続けますが、松の木は無限ではありません。松を伐りつくすと、二度と山は元には戻りません。別の地に松を求めて移動しなければならない。このようなことが原因で、墨づくりは、各地でつくられていました。

奈良は、平城京の都があった土地で、天平から平安へ遷都されましたが、仏教を背景に建立された大寺はそのまま奈良の地に残りました。その中で、興福寺は藤原氏の氏寺ということもあって、大きな勢力と財力を持っていました。興福寺は、墨づくりの職人を数多く抱え、紀州藤代の地からすすの供給を受けて、二諦坊《にたいぼう》で墨の生産を行い、独占していたようです。平安から鎌倉を経て室町の頃は、灯明や食にする油は胡麻の油でした。胡麻の油は大量のすすが出ます。興福寺二諦坊の持仏堂が墨づくりの職場だったのでしょうか、持仏堂の灯から上がるすすが、天蓋の内にたまっているのを見つけた誰かが、このすすで墨をつくってみようと思い立ちました。

胡麻の油は、興福寺の荘園で栽培され、油には事欠かない。つくった墨は松煙では到底及びもつかない美しく真っ黒な墨色。興福寺でつくられた墨はたちまちの内に評判になっていきました。この胡麻の油を燃やして採ったすすを油煙と言い、その墨は油煙墨と言います。室町時代、明徳・応永の頃と言われていますので、今からおよそ六〇〇年余り前のことでした。中国で油煙墨がつくられてから約四〇〇年の後のことです。

松煙は、松の木の茂る山の中で、採煙のドーム状のほこらをつくり、雨にうたれ、風に吹かれる自然の中での厳しい作業を経て手にすることができました。一方、油煙は、部屋の中で灯心のあかりから出るすすを集めるのですから、自然の影響を受けることもなく、楽に一定の品質のすすを採ることができる。そして、そのすすは、松煙よりはるかに黒く安定していて、良質の墨ができる。

こうなりますと、油煙墨はたちまちの内に松煙墨から取って変わっていきました。この油煙墨が奈良の地で生まれたのです。奈良興福寺でつくられた油煙墨は、「南都油煙」と呼ばれ、いろいろな経路を通して全国に普及していったと思われます。こうして、奈良の地が墨の産地として全国に知れわたると共に、原料の生産から墨職人に至るまで、専門職に分業されて（製墨の体制が整い）、奈良の墨の地位は確固たるものになり、今に至っています。

墨の色はすす、すすの歴史が墨の歴史につながるということで話を進めてまいりました。

次に、膠について話を移しましょう。

膠は、身近な体験では、魚を煮ると、寒い時には煮こごりになりますね。簡単に言えば、これが膠でゼラチンという蛋白質です。これを精製しますと、食品や薬のカプセル、化粧品、今ではサプリメントにも使われる私達の生活にはなくてはならないものです。

膠は煮皮に由来するように、牛、鹿、馬、羊等の動物、牛が主な原料ですが、皮、骨、腱、ニベ（皮と肉との間にある内皮）を高圧釜でゆっくりと時間をかけて煮ていきます。煮こごりと同じようにトロッとした液状のものが出てまいります。これをトレーに薄く流し込み乾燥させますと、膠が出来ます。

中国では、動物を煮込むよりも、魚のウロコ、皮、骨、浮き袋を煮てつくりました。魚膠《ぎょこう》と言います。元々、膠は接着剤が主な使い道で、動物の膠と魚の膠では、圧倒的に動物の膠の方が接着力が優れていました。墨は、すすとこの膠を流した液を混ぜ合わせ、形を整え、乾燥させてつくりますが、動物の膠を使う場合と、魚の膠を使う場合では、すすとの配合比が大きく異なります。動物の膠の場合は、すす一〇〇に対して膠は六十～七十、魚の膠の場合は、すす一〇〇に対して膠は一〇〇～一二〇になります。接着力の強い動物の膠を多く配合しますと、出来た墨はとても硬く、硯で磨ってもなかなかおりてくれません。魚膠を使った墨は、硯当たりが滑らかで、ヌルヌルとした感触でおりてくれます。中国の墨は、魚の膠が多く使われ、日本の膠は動物の膠ばかりです。中国の墨が日本の墨に比べて重いとよく言われますが、膠の量の違いが重さに表れてきます。また、魚膠を使った墨の墨色は穏やかで、柔らか味がありますが、動物の膠を使った墨の墨色は、純墨で切れがよく、くっきりと鮮やかに発色します。特に、薄めて淡墨にしますと、墨の滲み方が、魚膠の場合はボッテリとしていますが、動物の膠の場合は、放射状に滲みが走ります。言葉ではうまく言い表せませんが、書かれたモノを見ますと、一目瞭然にわかります。膠は、元々接着剤として生まれたと言いましたが、今でも木工や建築等、特に工芸の世界ではなくてはならぬ材料ですし、日本画の絵具を溶くにも膠でないと用を足しません。

墨における膠の働きは、すすと混ぜ合わせて、墨の形をつくること、磨りおろした墨の液に適度な粘りを与え伸びをよくすること、墨の液を紙に固着させること、また、底光りする光沢を与えて、冴え、風味、温かさ、強味といった墨色をつくり出す、といったところにあります。

また、すすは本来、水と馴染まず、すすだけを水に溶かそうとしても浮き上がってしまいます。そこに、膠液をたらし込み、混ぜ合わせると、たちまちの内にすすは見事に水と馴染みます。膠は、このように美しい墨の液をつくり、墨の色を醸し出すといった、墨にとってはなくてはならぬ材料なのです。

よく墨は生きていると言われます。墨を磨ってできた墨の液を顕微鏡で見ると、すすが水の中でチカチカ、チカチカと動き回っています。この状況を科学的にはブラウン運動と言われていますが、まるですすが生きているかの如く活発に動き回っています。このような墨の液は、すす一粒一粒ごと、膠がごく薄い膜となってすすをくるみ、均一に水に馴染み、水に浮かんでいます。この墨の液で文字を書くと、その墨の持つ本来の美しい墨色が見事に発色されます。

ところが、磨った墨の液を他の容器に移し、丸一日放置しておいて文字を書きますと、変に汚い滲みが出たり、ドス黒いザラついた艶のない死んだような墨色になります。特に、薄墨で書きますと、その様子が顕著になり、見た目には汚く映ってしまいます。

このような状態の墨を「宿墨《しゅくぼく》」と言っています。宿墨の墨の液を顕微鏡で見ますと、磨って間もない墨は、チカチカとブラウン運動を活発にしているのに対し、全く動きがありません。そして、均一に膠の薄い膜でくるまれ、水で均質に浮遊していたすすが、幕が破られくっつき始め、大・小様々な大きさになっています。この減少は、膠が時間の経過と共に腐敗が進み、膠そのものの特性が失われ死に至るからです。

ですから、磨った墨の液の寿命は、そのまま放置すれば1日、冷たいところでも2日で終わってしまいます。

もっと長く保存しておきたい場合には、膠の腐敗を止めるために、銅の器に入れておく、あるいは銅片や十円硬貨を入れておき、冷蔵庫に保存するのもよいかと思います。ただ、膠は蛋白質で低温になるとゼリー化してぷりんぷりんになります。ゼリー化した墨の液は、お湯を張り、その中に容器をつけてゆっくりと温めて、ゼリーがとろけて液状になってから使います。こうすれば、墨の液は生き返ります。墨を使う場合で、今まで申し上げたすすの特性、膠の性質を知っていただくと、書・画作品を制作する時には随分役立つのではないかと思います。

ところで、話は再び室町時代から安土桃山時代に戻ります。奈良の地で墨は油煙墨が誕生し、奈良の墨は「南都油煙」と呼ばれ、墨の代名詞にもなるほど普及しました。室町時代は応仁の乱によって乱世となり、いわゆる戦国時代、各地の大名が覇権を争い、戦いを繰り返すようになり、ついには織田信長によって天下が統一されました。疲弊した国土と経済を復活させるために、特に商工業を盛んにするために、楽市楽座等の政策を進めました。奈良では、奈良町（元興寺の旧境内地）を中心に、商売を始める店が次々と興り、池之町で天正五年（一五七七）、初めて興福寺の手を離れて、松井道珍が墨屋を始めました。そして屋号を古梅園《こばいえん》とし、墨の製造と販売を始めたのです。このことがきっかけとなったのでしょうか。墨職人達は、次々と興福寺から離れ、墨屋を立ち上げました。こうして奈良の墨づくりは民間に移り、それと共に、すす屋、木型屋、膠屋、墨屋と分業され、墨づくり職人も、型入れ職人、灰替え職人（乾燥工）、磨職人（仕上工）と製造工程による職人の分業が確立されて、奈良の産業として根を張り、全国へ供給できる体制を整えていきました。

今でこそ筆記具は、万年筆、鉛筆、シャープペンシル、ボールペン、サインペン、マーカーと多種多様につくられていますが、江戸時代の後半に鉛筆が初めてもたらされるまでは、筆記具と言えば、筆、墨でありました。それだけに全国制覇した奈良墨は、江戸時代には奈良詣のお土産としても№1となったのです。この筆記具産業での奈良墨は、ほぼ独占の形で現在に至っています。

飛鳥時代に始められた墨づくりは、官製として藤原京、平城京でつくられると共に、すすの産地が墨の産地として松煙墨が生産され、需要をまかなっていましたが、興福寺が平安、鎌倉、室町の時代に多くの墨職人をかかえ、墨づくりをお寺の財源として生産し、ついに油煙の製法を発見、開発して、奈良の墨は油煙墨、油煙墨といえば「南都油煙」として全国制覇し、それを古梅園をはじめとする墨屋が引き継いで隆盛をもたらしました。

このような墨づくりの歴史の中で、中国から朝鮮半島を経て伝来した墨の製法は、常に我が国の墨づくりの先達であり、お手本でありました。

我が国に四〇〇年も先だって油煙墨を開発し、さらに明の時代（紀元一四五〇年頃）から清の時代には、墨の黄金期を迎えます。多くの名墨匠が現れ、墨の質だけではなく、意匠、デザインに至るまで、さらに墨づくりの工程に至るまで研究に研究を重ね、皇帝から特別指名されて御墨制作を行い、献上するほどの名墨をつくりました。これらの墨は、芸術的な工芸品の域に達し、五〇〇年以上を経た今でも充分に使える墨として垂涎《すいぜん》の的になっています。

我が国でも、江戸時代中期以降になりますと、中国の墨の見事さに奈良の墨屋達は、中国の墨に負けないような墨づくりを志しますが、残念なことに、原料、製法、仕上げ法の全てにおいて超えるものはなく、文化大革命で中国の伝統的産業に関わる工人達が抹殺され、その技術が途絶えるまで、中国の墨づくりが日本の墨づくりの手本であったように思われます。墨屋として誠に悔しい思いではありますが、さすが三〇〇〇年の墨づくりの歴史を誇るだけのことはあります。

ところが、文化大革命で、一旦、墨づくりの歴史が破壊されてしまうと、どうしたことか全く墨づくりについて伝承されず、文化大革命以前の墨づくりが消え去り、形は同じでも質は全く低い墨づくりしか出来なくなってしまいました。

墨の元祖は中国で、土産品として販売されていますが、文化大革命以前の墨とは、銘柄、形は同じであっても、墨の質は地に堕ちてしまっています。有名な鉄斎墨《てっさいぼく》は、現在もつくられていますが、文革以前の墨と、現在つくられている墨とを比べてみますと、墨の磨り心地、墨色の発色、滲み方、全てにわたって全く異なるものになっています。

中国の墨は価格が安い。日本では考えられない価格で輸入できます。子ども達が使う書道セットには、徹底したコストダウンが要求されて、中国の墨を使わざるを得ない状況です。ところが、大量に輸入しますと、およそ二〇%は輸送の途中で粉々に割れているのです。粗悪な膠のせいとは思いますが、それほどの質の低下には目をおおいたくなります。こんな状況ですから、今では、日本の墨、奈良の墨は品質においてトップになりました。しかし、残念なことに、墨を使っていただける場面は、書・画の世界、それも固型墨にとって代わり、液体墨が大半となってしまいました。

もう少し話を進めましょう。これからお話しするのは墨を使うということであります。まず、墨と水との関係です。墨を磨るには、どんな水がよいかとよく聞かれます。結論を申し上げますと、軟水がよいということです。水は、軟水と硬水に分かれますが、その基準は、水に含まれるカルシウムやマグネシウム、ナトリウム、鉄、銅等、ミネラル物質の量で決まります。水一ℓに対してミネラルが一二〇㎎未満を軟水、一二〇㎎以上を硬水と呼びます。ミネラルウォーターとして市販されている水は、大半が軟水ですが、エビアンやペリエなど、ヨーロッパから送られてくる水は硬水です。軟水の代表格が水道水です。ミネラル分の含有量が多い市販の硬水や井戸水は、石鹸の泡立ちが悪いことが目に見える判別法ですが、硬水を使って墨を磨りますと、膠質とどんな反応が起こるのでしょうか。滲み具合が悪くなったり、筆跡がザラついたり、艶がなくなったり、あまり良い結果が得られません。水道水は塩素で消毒され、若干なりとも塩素分が残留していますが、膠との反応はほぼありません。「水道水で充分や」ということになりますが、これは我が国のことであって、海外へ行きますと、水道水が硬水であったりします。海外のホテルの水を飲んで下痢をしたり、体調を崩したりするのは、硬水によることが多いからですね。こう思いますと、墨にも身体にも良いのは、軟水ということです。墨は日常の筆記具という用途から外れ、今では書画の世界で息づいています。作品をつくる場合、墨と紙との関係は、作品の出来映えを左右する大切な要素です。

小・中学生の頃から習字をするのに一番よく使ったのが半紙です。この半紙、今では、四国伊予の紙(愛媛県四国中央市)が代表格ですが、鳥取県因州の紙、山梨県甲州の紙が全国に普及していま す。薄手のものから厚口まで、滲みのあるものから、滲みを抑えてあるもの、機械漉きから手漉きまで、千差万別です。さらに、大判の画仙紙になれば、墨色の発色具合、にじみの度合い、紙の厚さ等、様々な要望が出てきます。画仙紙も半紙と同様、四国伊予の紙、鳥取因州の紙、山梨甲州の紙が全国に普及しています。四国伊予の紙は、機械漉きの画仙紙が全国的に普及しており、紙の表面は比較的滑らかで、墨含みも良く、薄手の紙が多く、墨色の発色も悪くありません。鳥取因州の紙は、紙の繊維が他の紙に比べて太く長いもので漉かれており、紙質は厚く、表面は微細に毛羽立って、ニジミはやや少ない紙が多いと思われます。紙は引っ張りに強く破れにくいのが特長です。山梨甲州の紙は、薄手の紙が多く、繊維は細く短いもので漉かれています。このため、表面は滑らかで、パリパリした手触りのものが多く、墨含み、発色は良く、滲みも美しく拡がります。反面、紙の強度は弱く、大量の墨や強い筆圧で書きますと、破れやすいものが多いと思われます。

全国各地で和紙は漉かれていますが、全て書画に向いているとは限りません。大切なことは、墨ののりが良く、美しく発色し、適度な滲みがある紙を選ぶことです。

中国には、有名な宣紙《せんし》があります。日本の画仙紙とこの宣紙を書き比べてみると、墨色の発色、滲みにおいては圧倒的に宣紙が優れています。宣紙は、中国安徴省の宣州で生産され、墨の発色の良さを求め、墨の持ち味、墨色の変化等がよりよく表現できるようにと、長年にわたり工夫・改善がされてきました。我が国の画仙紙の原料は、コウゾ、ミツマタが中心ですが、宣紙は、アサ科の植物で、青檀《セイタン》と呼ばれている二〇mにも成長する高木の樹皮にワラを加えて漉かれたものです。中国清の時代に、水墨画で墨色と滲みを生かす技法が一世を風靡し、それが元で書画紙に対する品質的な要望は、書家、画家から数多く出されました。これらの要望に応えるために、宣紙は随分と研究され、改良されて、現在の紙質に完成されました。一番の特長は、薄墨で書きますと、筆の線(基線と言います)と滲みが明確に分かれ、美しく調和し、書・画に立体感を与えるところにあると思われます。我が国の画仙紙が及ばないところは、ここにあるのではないかと思います。

我が国の書家、水墨画家が、宣紙を好んで選ばれる理由は、美しい墨色が際立ち、作品が一層映えることにあります。

墨と紙との関係の話を更に進めますと、墨の寿命に行き着きます。墨の寿命は、端的に申し上げますと、丁寧に練り上げられ、緻密につくられた墨は、最小の大きさ(一丁型と言います)で五〇年、五丁型の大型になれば一〇〇年以上経過しても、保存が良ければ充分に生きていて使えます。

四〇〇年以上も経った中国明代の墨が今なお使えるのは、上質の膠を使い、充分に練り込まれているからです。墨はつくって五年位までは、墨に含まれる水分が抜け切らず、かつ膠が生々しくて、墨色は黒々として鮮明ではありますが、若々しく、ギラギラ感が出てまいります。この墨が十年も経ちますと、膠が枯れて、落ち着いた奥深く、静かに底光りする墨本来の墨色が発揮されるようになります。

このような墨を使い、紙も充分に乾いた上質なものに書きますと、筆の基線と滲みが見事に分離調和された美しい墨色となるのです。さらに墨は三十年、四十年と経過しますと、一層膠が枯れ、風化して、いわゆる古墨の良さが味わえるようになります。

紙も同じように、漉いて間もない紙は、墨のりが悪く、美しい墨色がなかなか発揮されません。一年、二年と寝かせた紙は、次第に紙そのものが枯れて、墨のもつ本来の墨色を表現できるようになっていきます。できれば、墨も紙もよく寝かせて使うことが、作品づくりには欠かすことのできないことと思います。

それでは、墨と硯との関係に話を移します。硯は、我が国で有名なのは、山梨県雨畑村で産する雨《あめ》畑硯《はたすずり》、宮城県石巻市雄勝町で産する雄勝硯《おがつすずり》、山口県宇部市、下関市周辺の赤間硯、和歌山県那智に産する那智黒が知られていますが、特に有名なのは、雨畑硯と雄勝硯です。

共に玄昌石《げんしょうせき》と言われる石材ですが、硯の形を整え、墨を磨るところを平滑に漉きますと、鋒鋩《ほうぼう》といって、きめ細かな鋭いのこぎり状の歯が現れます。この鋒鋩によって墨は固形から次第に磨り下され、墨の液になっていきます。この鋒鋩にすぐれている硯が、雨畑硯であり、雄勝硯であり、雨畑硯は、およそ七二〇年前、日蓮聖人の弟子が雨畑川で蒼灰色の石を見つけ、良質の硯がつくれることを発見したと言われ、山梨の伝統工芸品として生産され続けている硯です。

もう一方の宮城県雄勝硯は江戸時代の初期、一六二〇年頃に、伊達政宗に献上され、「お止め山」として大切な硯の材料として保護され、以降、全国的に小学生から大人に至るまでの習字用具の一つとして造り続けられています。この我が国を代表する硯の磨り心地は滑らかで、上質の磨墨液《まぼくえき》が得られますが、近年、硯職人のなり手がなく、価格は上がる一方になっています。

我が国の硯事情はこのようなことですが、硯と言えば、中国の端渓硯《たんけいけん》、歙州硯《きゅうじゅうけん》、羅紋硯《らもんけん》が特に有名であります。また珍しい硯として、松花江緑石硯《しょうかこうりょくせきけん》、黄河の黄土を固めて焼いた澄泥硯《ちょうでいけん》、西域の幻の硯と言われる桃河緑石硯《とうがりょくせきけん》などがあります。

端渓硯は中国を代表する硯で、唐の時代からすでに作硯されていました。広東省肇慶市《ちょうけいし》、斧柯山《ふかさん》から採取される石材で、赤紫色を帯びています。斧柯山の採取する場所によって様々な名称がつけられていますが、良質の硯石が採取されたのは老坑と言われ、その石は濃赤紫色を呈し、石の中に文様が現れ、かつ精巧に彫刻されて、芸術品にまで高められました。今では手に入れることが難しく、その価格は天井知らずになっています。端渓硯は、工芸品としてもその地位を高め、正に硯の王者とも言える風格があります。しかし、近年、中国土産としてこの端渓がよく売られるようになり、硯そのものが粗製乱造され、昔の工芸品的風趣は見る影もありません。

もう一つ有名な硯は、歙州硯《きゅうじゅう》です。江西省婺源県《こうせいしょうぶげんけん》、安徽省歙県《あんきしょうきゅうけん》の龍尾山の山々から掘り出される石材で、我が国の雨畑硯や、雄勝硯と同種のものです。我が国の石材と異なるところは、いろいろな石紋が現れることです。金や銀の粒を散りばめた金星、銀星硯、うろこ状の波模様の羅紋硯等、さまざまな名称がつけられています。

比較的価格が安く手に入りやすいのが羅紋硯で、江西省務源一体に連なる玉山から産出する石です。歙州硯に比べて、石質が粗く、墨おりは良いのですが、透明感のある美しい墨色を求めるには難があります。

瑞渓硯の墨を磨る感触は滑らかで、ゆっくりと力を入れずに墨をすると、墨の液の表面に得も言われぬ美しい七色の油状のものが現れてまいります。これが出てまいりますと、ちょうど使い頃の濃度の墨の液になっています。他の硯では、なかなかお目にかかれない現象です。よく上質の端渓硯のすり心地は、まるで熱い鉄板の上で蝋を溶かすようだと絶賛されます。

歙州硯は、端渓硯に比べれば石の目はやや粗く、墨おりは端渓硯より速いですが、どちらかと言えば、普通濃度以上の濃墨の作品づくりに向いている硯かと思います。薄墨や仮名用の硯にも充分使えますが、薄墨や仮名書道にお使いいただくのには、超微粒子の墨の液がつくれる端渓硯に越したことはありません。是非、端渓硯を一面はお持ちになって下さい。

硯の話の最後に、硯の選び方を説明致します。雨畑硯、雄勝硯、端渓硯、歙州硯とおおまかな硯の話をしてまいりましたが、どの硯を選びますにも、硯一面一面、全てが異なっていることをまず承知置き下さい。硯は全て天然の石を掘り出して造りますから、石の種類は同じでも、石質はそれぞれに異なっています。この中から良い硯を選ぶのですから、形が整い、見た目に心地良いものをまず品定めします。次に、硯の墨をする面（丘と言います）に、1～2滴水を落とします。そうして、利き手の中指の先の指紋のある部分を軽く硯の面にあて、下から上へとゆっくりとこすっていきます。鉾鋩のない硯は滑ります。粗めの鋒鋩をもつ硯は、ザラつき感が伝わってきます。鋒鋩が細かく、鋭い面をもつ硯は、ククッと引っかかりを感じます。この硯が良い硯なのです。こんな硯を見つけられると、墨にとってはとても良く、墨磨りも気持ちよく早く上質の墨の液を得ることができます。粗い鋒鋩の硯は、早く濃くなりますが、決して上質の墨の液を得ることはできません。また、美しい彫刻の施された硯は大抵の場合、良質の硯であることに間違いありません。端渓硯で、明代、清代につくられたもので、微細で美しい硯面をもち、精緻な彫刻されたものは、稀少価値もあってウン百万円もするほど素晴らしく、我が国の硯では、これに匹敵するものは残念ながら目にすることはできません。

このような硯に、蘊蓄を傾ければ際限がありませんが、墨を硯でする場合、上手な磨り方は、硯面(丘)に2~3滴水を落とし、ゆっくりと円を描くように墨を磨り、濃くなれば墨をためる海へ流し、再び2~3滴水を落とし、墨を磨っていきます。一度に水を硯に流し込み、墨を磨るのとでは随分粗い墨の液になる可能性があり、おすすめできません。墨を選ぶ、紙を選ぶ、硯を選ぶ。この墨との関係は、書画活動をされる方にとっては筆を選ぶと同等、それ以上に大切なことと思います。

墨の話の締めくくりは、墨を選ぶということであります。墨には松煙墨、油煙墨、青墨、茶墨と多種多様にありますが、使用途によってまずどんな墨色の墨を選ぶかを決めます。墨色も千差万別ですから墨色見本があればとても助かります。

墨の色が決まりましたら、次は墨の形、肌合いです。ひねり、ソリのある墨はできる限り避けましょう。また、形がきっちりとして木型の形がそのまましっかりと移されているものは良く、角丸になったり、ふやけたような形になっているものはよろしくありません。当然、木型の文字が鮮明に移されていなければなりません。ましてや、墨の表面に練りシワやアバタ状の凹凸があるものは避けるべきです。つまるところ、墨の形、肌合いは、墨型入れ職人の腕ひとつ、練り方ひとつにかかっているということです。そして、よく練り込まれた墨は、手に持つと、ドスンとした重みを感じます。見た目、キリッと締まり、美しい肌合いと、手に持って重みを感じる墨。これが墨の正しい選び方です。

墨の話はまだまだ尽きることはありませんが、固形墨に代わって生まれた液体墨に話を移します。

一三〇〇年の間、造り続けられてきた奈良の墨は、このように奥深いもの、伝統文化を支え続けてきた価値の高いものですが、今や液体墨にその主役の場を奪われてしまっています。現在の墨と言えば、子ども達の習字から趣味の書道、書家の書芸術に至るまで液体墨が使われるようになりました。固型の墨から液体の墨への変遷は、松煙が初めてつくられた時、膠が使われた時、油煙がつくられた時といった技術革新を経て、第四の技術革新でありました。この液体墨への変遷は、〝墨磨り〟の苦労から解放されたことが最大の理由であろうと思います。

太平洋戦争に敗れた日本に対し、昭和二十一年（一九四六）、連合軍総司令部は、書道が国粋主義を涵養《かんよう》する最たるものとして書道教育が小・中学校の授業で禁止され、全国の書道業界は火が消えたようになり、次々と廃業されていきました。復活運動によって昭和二十八年（一九五三）に復活が文科省で決定され、ようやく一息つけるようになりました。ちょうどその頃のことです。徳島県の小学校の先生から要望が入りました。「小学校で習字が復活されることになったが、授業時間四十五分のうち墨を磨っていると、半分近くの時間が墨磨りに終わってしまう。これでは書写教育の目標の文字を正しく整えて書くといった書写本来の授業で文字を書く時間があまりにも少なくなってしまいます。一層のこと、磨らずに書ける墨をつくってくれませんか」ということでありました。このような発想は、墨屋にとって今でま考えたこともない全く新しいことでありました。「書道は硯に向かい、心静かに墨を磨り、精神を統一して筆をもつものだ」とごく当たり前に考えていたことが、この一言でくつがえりました。

昭和二十八年頃といえば、当時の呉竹は、二代目社長のあと、その息子達が経営の中心で、年も若く、学校書道禁止の中であっても必死に家業を支えていました。こんな状況の中で、突然、徳島の先生から思いもよらなかった新製品の開発のアイデアがもたらされたのです。「これはおもしろいアイデアや、やってみようではないか」「そんなことしたら、墨が売れんようになる」「大体、磨らずに使う墨てどうしたらつくれるんや？」と議論は白熱しましたが、「徳島の先生の言われることはもっともなことや。他の墨屋に先を越されたらどうしようもなくなる。これは売れると思う。思い切ってやってみよう」と開発を決定しました。墨屋にとってみれば、画期的な発想の転換であります。考えに考え、工夫に工夫を重ね、試行錯誤を繰り返しながら、昭和三十年（一九五五）、トロトロに柔らかく練り込んだ水あめ状の墨をポリチューブに入れて完成させました。いわゆる練り墨であります。商品名を「墨のかおり」として発売しました。劇的な反応が返ってきました。「こんな墨ができたのか。これは便利や。墨磨りの必要のない墨て、初めてだ！」と全国各地で注目され、たちまちのうちに学校や書道塾に拡がっていきました。この練り墨「墨のかおり」の開発が、現在の液体墨全盛時代をもたらす第四の技術革新ともなりました。

練り墨は、チューブから硯に墨を絞り出し、水を加えてよく溶いて、濃くも薄くも自由に墨の濃度調節ができ、大量の墨の液をつくるのも容易でした。しかし、大人は問題なく使いこなすことができますが、小学生の子どもたちには少々難しく、水によく溶けたところと溶け切っていないところが混在してしまい、時には汚い滲みが出ることがあって、学校では不評でした。「子どもたちがもっと楽に溶かせる墨をつくってほしい」といった要望がどんどん入ってきたのです。

頭を抱えた呉竹の経営者たちは、「それなら、一層のこと薄めなくてもよい、そのまま書ける書道液にしたらどうか」との考えに行き着き、書道液の開発に取りかかりました。練り墨をただ単に薄めて容器に詰めたら良いといったことはできません。磨った墨の液ならすぐ使ってしまいます。練り墨もドロドロの練り状ですから、水に薄めて必要なだけ使えます。ところが、そのまま書ける書道液となると、容器に詰めたまま、長い間放っておかれることが多く、その間に変質したり、ススが沈殿してしまうこともあり、暑い夏になれば、膠が腐ってしまう恐れも出てきます。一番の問題は、ススは水より比重が重いため、沈殿することを予防しなければならないことでした。あわせて一度に何トンもの墨の液をつくらなければならないのです。一本一本の容器にスムーズに墨の液を詰めなければなりません。沈殿を防ぎ、液の中に浮遊させることを分散と言いますが、この分散を長時間継続するためには、ススの粒子を均一な超微粒子にしなければならないことがわかり、これを実現するためには、大型の機械設備も必要でした。また一本一本容器に墨の液を詰めるには、自動で充填する設備が必要でした。墨の液の生産は、機械設備なくしては大量の生産ができず、大きな金額の設備投資をしなければなりません。「墨のかおり」を発売して以来、液体墨開発に対する期待は高まる一方で、必ず投資は回収できると確信して思い切った設備投資に踏み切りました。

商品名を「そのまま書ける書道用液墨滴《ぼくてき》」として、昭和三十二年（一九五七）、ちょうど書写が必修正課となる時に発売することができたのです。見事なタイミングでした。同時に、ダイレクトメールといった手法で、全国の小中学校書写主任の先生方に現場サンプルを送り届けました。ねらいは一発。習字の世界が変わるほどの大ヒット商品になりました。正につくってもつくっても足らない状況が続きました。この液体墨の開発は、子ども達が使う書道液に留まらず、書道愛好者、書道家からも大人が使える「磨り墨に近い液体墨が欲しい」といったニーズが次から次へと出てくるようになり、これに応える新しい液体墨が開発されてきました。ついには、固型墨の持つ良さや特徴を充分に発揮できる液体墨まで開発され、書道家の大作の制作にも大きな貢献を果たすこととなっています。何時間もかけて墨を磨る苦労から解放されて、必要な濃度、墨色、伸び、運筆度合、紙との調和等いろいろな種類の液体墨から選ぶことができるようになった現在、墨の概念は全く変わったものとなってしまったようです。さらに今では、「固型墨の良さを液体墨で表す」という開発理念から、「液体墨独自の新しい魅力づくり」に開発目標は変わりつつあります。

液体墨の開発によって、書道の世界は固型墨の時代から液体墨の時代に変わりました。そして、このことは我が国の墨づくり、固型墨の墨づくり、奈良の墨づくりが終わりに近づいてきたことを示唆しています。

これからの墨づくりは、ずっと液体墨が、固型墨が辿ってきたように何百年もの間続くのでしょうか。それとも、再び固型墨の良さに惹かれて、固型墨が復活するのでしょうか。書く道具について将来のことを考えるよりも、書くという人間の伝達の手段、文字表現が一体どんな形に変わっていくのかということを考える必要がありそうです。書道は生き残るのか。人類が残してきた、このとてつもなく大きな文化の未来への課題を申し述べて、私の墨の話を終わりとします。

あせらず、あわてず、あきらめず

平成二十三年（二〇一一）五月の頃、ある大手の新聞社の記者から連絡が入った。

「奈良県で、経営、文化、学術、社会福祉、教育などいろんな分野でユニークな活躍をされている方々の、生きてこられた道を紹介する企画が進んでいます。題して『人生あおによし』。二番目になりますが、呉竹の綿谷さんを記事にしたい」という。たしかに私が四十数年間過ごした呉竹は、墨の呉竹から書道用品の呉竹へ、筆記具の開発を通して大ヒット商品となった「くれ竹筆ぺん」で筆記具メーカーへと発展。さらに筆ぺんの開発を機に海外市場の市場開拓、イギリスで「KURETAKE UK」設立、「絵てがみ」分野の商品開発と市場開拓、スクラップブッキングの導入など、一三〇〇年続く奈良の伝統産業の墨を原点に置きながら、どんどんと開発企業へと成長を続けた時代であった。

そして、私はいつのまにか新規に行う事業や商品開発のど真ん中に置かれていたのである。こんなに多忙な仕事に加え、奈良青年会議所、春日大社ボーイスカウト奈良15団に籍を置き、2女1男の娘息子たちにはほとんどかまってやれず、家内まかせ、親としては大失格であった。

新聞社から「人生あおによし」の話を聞いたころ、ようやく人生一段落と安堵していた矢先、地元の私立学園理事長から「次の理事長をお願いしたい」と話が舞い込み、経済界の大先輩からのお誘いに断り切れずに実業界から教育界へ転身することになった。

学生時代、山で身につけた、どんな事態になっても「あせらず、あわてず、あきらめず」の心でのぞめ、という教訓はいろいろなことに挑戦してゆくなかで、人生を送る上で心の中で確かなものになっていった。

人は、私の生きてきた歩みは「おもしろい波瀾万丈の人生」と言ってくれるが、常に新しいことに挑んできたわけではなかった。ずっと大切にしてきたことは、呉竹創業の原点の「墨」である。どんなに忙しくても「墨」は頭から離れたことはなかった。時間が余れば、墨のことについて歴史、造墨法、原料、工程を勉強してきた。

墨がよくても硯が悪ければよい墨色はでない。
墨がよくても水が悪ければよい墨色はでない。
墨がよくても紙が悪ければよい墨色は求められない。
一三〇〇年の歴史を持つ墨の勉強は、やればやるほど興味がどんどん湧いてくる。一三〇〇年の間、墨にかかわりを持つ人々の絶え間ない知恵と努力によって現在の墨がある。しかし、最近店頭に並ぶ墨を見て、その完成度が低くなったのではないかと思えて仕方がない。

墨が液体墨に取って代わり、墨の需要が減って、墨職人の高齢化に伴い後継者のなり手がないことも原因のひとつかもしれない。墨の姿、形、墨質は墨職人の腕次第でどうにでもなる。「よい墨を作りたい」と発念し、「あせらず、あわてず、あきらめず」日々工夫を加えながらやれば、必ず良墨は生まれるはずである。

墨屋の跡継ぎと言われるのが嫌で、運命に逆らうように、山と考古学に夢ふくらませた青春時代を懐かしく思い出され、胸がせつなく熱くなってくるのである。

末尾になってしまったが、本稿を出版したいと申し出ていただいた京阪奈情報教育出版株式会社住田幸一社長、加藤なほ編集者には多大のご指導を賜り、厚く御礼を申し上げます。

令和2年　中秋

綿谷正之

京阪奈新書
墨と生きる

2021年3月31日　初版第1刷発行

著　者：綿谷　正之
発行者：住田　幸一
発行所：京阪奈情報教育出版株式会社
〒630-8325
奈良市西木辻町139番地の6
URL://narahon.com/　Tel:0742-94-4567
印　刷：共同プリント株式会社

ISBN978-4-87806-757-0

京阪奈新書創刊の辞

情報伝達に果たす書物の役割が著わしく低下しつつある中、短時間で必要な知識や情報の得られる新書は、多忙な現代人のニーズを満たす活字文化として、書店の一画で異例の繁栄を極めている。

かつて、活字文化はすなわち紙と印刷の文化でもあった。それは、人々が書物への敬意を忘れなかった時代でもあり、読書を愛する者は、知の深淵へと降りていく喜びと興奮に胸を震わせ、嬉嬉としてページを繰ったのだった。

日本で初めて新書を創刊した出版界の先達は新書創刊の目標として、豊かな人間性に基づく文化の創出を揚げているが、活字文化華やかしころの各社の新書の中からは、文化を創出する熱い志（こころざし）に溢れた古典的名著が数多く生まれ、今も版を重ねている。

デジタル時代の今日、題名の面白さに凝ったおびただしい数の新書が、入れ代わり立ち代わり書店に並ぶが、昨今の新書ブームには、アナログ時代の新書にはあった大切なものが欠落してはいないだろうか。

ともあれ、このたび我が社でも新書シリーズを創刊する運びとなった。

高邁（こうまい）な理想を創刊理念として掲げ、実際に人生や学問の指標となる名著が次々と生まれた時代への熱い思いはあるが、適度な軽さもまた、デジタル時代のニーズとしてとらえていくべきだろう。

とにもかくにも、奈良にどっしりと腰を据えて、奈良発の『知の喜び』を形にしてゆきたい。

平成二十九年　晩秋

京阪奈情報教育出版株式会社